御伽草纸

[日] 太宰治 著

徐建雄 译

天津出版传媒集团
天津人民出版社

果麦文化 出品

目录

序言

“啊，打响了！”

说着，父亲放下钢笔站起身来。

仅仅是听到空袭警报，父亲是不动身的。可要一听到高射炮的射击声，就得赶紧给五岁大的女儿套上防空包头[1]，抱着她钻进防空洞。这时，母亲早已背着两岁大的儿子在防空洞的尽头处蹲着了。

“这次离得很近啊。”

“嗯。这个防空洞也太小了。”

“是吗？”父亲似乎有些不以为然。“这样子不是刚好吗？挖太深的话会有被活埋的危险哦。”

“可是，再挖得宽敞一点总还是可以的吧。”

“嗯，话是不错，可眼下泥土冻得硬邦邦的，不好挖呀。以后再说吧。”

用几句模棱两可的话将母亲敷衍过去之后，他就专心听起收音机中的防空播报来了。

母亲的抱怨刚告一段落，女儿就嚷嚷着要出去了。唯一能够让这个小丫头消停下来的法宝，就是讲小人书。父亲会借用图文并茂的小人书，给她讲《桃太郎》[2]《噼啪噼啪山》《拔舌雀》《摘肉瘤》《浦岛太郎》等老故事。

这位做父亲的尽管衣着寒酸、外貌愚钝，但绝不是什么平庸之辈——他可是个胸藏锦绣，能够编织故事的奇才呢。

很久很久以前……

即便是拿腔拿调正朗读小人书，他的心里也在不自主地构思着另一个故事。

摘肉瘤

很久很久以前，
有一个老爷爷。
他的右边脸上，
长着一个十分讨厌的大肉瘤……

这个老爷爷住在四国岛阿波国[3]的剑山山脚下。

其实我也没什么可靠的依据，只是觉得应该是那样才对。这《摘肉瘤》的故事，似乎是出自《宇治拾遗物语》[4]，可眼下我屈身于防空洞之中，要想寻经据典加以考证也是不可能的。这种情况也不只是《摘肉瘤》，之后要讲的《浦岛太郎》的故事也是一样的。《浦岛太郎》首先在《日本书纪》[5]中就有着明确的记载。而在《万叶集》[6]中，也有吟咏浦岛太郎的长歌[7]。除此之外，《丹后风土记》[8]和《本朝神仙传》[9]等书也对这个故事的传承起到作用。近年来，鸥外[10]的戏剧啦，逍遥[11]的舞剧啦，从传统的能乐、歌舞伎到艺妓的徒手舞，在很多场合都能看到浦岛太郎的形象。

我这人有个坏毛病，那就是，读过的书往往马上就转手送人或者干脆卖掉，所以藏书这种东西是从来没有过的。因此，像现在这样要想讲清楚一个问题，就必须凭借着模模糊糊的记忆去四处寻找曾经读过的书籍……可就眼下的境况来说，这一点是难以做到的——眼下，我正在防空洞里蹲着。膝盖上摊开着一本小人书。仅此而已。因此我不得不放弃对这个故事进行考证的种种企图而要凭借自己天马行空般的遐想。不过，这么做的话，或许反倒会编出一个生动活泼的故事来亦未可知。——如此这般，这位蹲在防空洞角落里的与众不同的父亲，在心里做了以上这一番自我辩解似的自问自答之后，就“很久很久以前……”地念起了小人书。与此同时，却又在心中开始编写一个与之完全不同的、全新的故事来。

这个老爷爷非常喜欢喝酒。一般来说，“酒鬼”在家里往往都十分孤独。那么，到底是由于孤独才喝酒的呢，还是因为喝酒才变得孤独的呢？要深究这个问题，或许就跟想弄明白鼓掌时到底哪个巴掌在响一样，纯属故弄玄虚。总之，老爷爷在家里的时候，总是一副闷闷不乐的模样。不过，话虽如此，这位老爷爷的家庭可并不是很糟糕的那种哦。老婆婆还健在。已经快七十了，可依旧是腰不弯、眼不花的。据说以前是个大美人。从年轻那会儿起，她就是个没嘴的葫芦——不喜欢说话，只知道尽心尽力、一丝不苟地做好家务。

“啊，春天来了。看哪，樱花烂漫啊。”

即便在老爷爷的兴致如此高涨的时候，老婆婆也只会冷冰冰地回一句：

“哦，是吗？我要扫地，你让开一下。”

于是，老爷爷的脸上立刻就没了高兴劲儿。

老爷爷还有个儿子，快四十岁了，品行极为端正，简直是世间少有，既不抽烟也不喝酒。不仅如此，他还从不嬉笑从不发火，一点乐模样都没有，只知道一声不吭地下地干农活儿，附近的人们不由得都对他敬畏有加。由此，他得了个“阿波圣人”的称号，非常出名。他不娶老婆，不剃胡须，以至于人们怀疑他是不是跟木头、石块一个样，没有七情六欲。

总之呢，老爷爷的家庭不得不说还是属于那种无可挑剔的完美型家庭。

然而，老爷爷的心里老是不舒坦。他面对家人是有所顾忌的，却总还想喝酒。所以呢，在家里喝酒，只会让他更加不开心。可事实上，看到老爷爷喝酒，无论是老婆婆还是儿子“阿波圣人”都不会责怪他的。

老爷爷晚上独自小酌时，他们就在一旁默不作声吃晚饭。

“我说，这时令哪，”老爷爷酒劲儿上来后就想找人搭腔。可他自个儿说出来的话往往都是些无关紧要、不太靠谱的。“春天，终于要来了。看哪，燕子都飞回来了。”

这话，说与不说一个样。

老婆婆跟儿子，依旧一声不吭。

“有句话怎么说来着？呃，春宵一刻值千金，对吧？”

他又嘟哝了一句废话。

“我吃好了。”

“阿波圣人”吃完了饭，对着食案[12]恭恭敬敬地深施一礼，随即，站起身来。

“唉，好吧！我也吃饭了。”

老爷爷无比落寞地将酒杯倒扣在桌子上。

只要是在家里喝酒，基本就是这么个状况。

某天清晨好天气

前往深山砍柴去

这位老爷爷最喜欢做的事情，就是在遇上好天气时，腰里挂上个酒葫芦，爬上剑山去捡柴火，不紧不慢地捡一会儿柴火，觉得有些累了，就在岩石上舒舒服服地盘腿坐下，先大模大样“哎嗨”地咳嗽一声，清一清嗓子，然后嘴里“好风景呀，好景致”

地嘟囔着，慢悠悠地喝起葫芦里的酒来。这时候，他的神情是十分欢快的，跟在家里简直是判若两人。唯独不变的，就只有他右边脸颊上的那个大肉瘤了。

这个肉瘤已经有二十多个年头。那是在老爷爷刚过五十大关那年的秋天长出来的。起初只是觉得右边的脸颊发烫、发痒，随后就一点点地肿胀起来。他用手不停地抚摸。可谁知在他的抚摸之下，肉瘤竟然越长越大了。老爷爷无可奈何地苦笑道：

“嘿嘿，我怀上了可爱的小孙子了。”

儿子“阿波圣人”听了，一本正经地说了句煞风景的话：

“脸上是不会生出小孩来的。”

而老婆婆也只是若无其事地问了一句：

“这不会要了你的老命吧？”

除此之外就再也没对这个肉瘤表示一点点关心了。反倒是街坊邻居，对老爷爷十分同情，纷纷说些诸如“怎么会长出这么个瘤子来呢”“疼不疼呀”“一定十分讨厌吧”之类慰问的话。

可是，老爷爷听了这些话，却只是一个劲儿地笑着摇头。如今，他不仅不讨厌这个肉瘤，反倒真的将它当作自己可爱的小孙子了。作为能给自己的孤独以些许慰藉的忠实伙伴，在早晨洗脸时，老爷爷也会用清水特别用心地将它洗得干干净净的。而像今天这样，老爷爷一个人在山上喝酒喝得尽了兴，这个肉瘤更是成了老爷爷不可或缺的说话对象。

老爷爷盘腿坐在岩石上，一边就着葫芦喝酒，一边嘟嘟囔囔地说着些闲言碎语：

“什么呀？有什么好怕的？不用顾虑。人么，不醉上几回还有啥意思呢？一本正经的自然也没什么不好，可也得有个度不是？成了‘阿波圣人’就叫人吃不消了嘛。我还真没看出来，小子倒真是挺能的。”

然后，他又“哎嗨”地高声咳嗽了一声。

霎时间，天昏地暗。

呼呼呼，狂风呼啸。

刷刷刷，暴雨倾盆。

一般而言，那里春天是很少下阵雨的。但对于像剑山这样的高山，有这样的反常天气也是家常便饭了。暴雨让山岗雾气蒸腾，跟冒白烟似的。野鸡、山鸟从四面八方“扑啦啦”地飞出来，如同利箭一般飞速投入林中避雨去了。然而，老爷爷却一点也不惊慌。他笑吟吟地嘟哝着：

“这个瘤子让雨淋一淋，凉快凉快，倒也不坏嘛。”

他依然盘腿坐在岩石上，眺望着雨中的景色。可是，雨却越下越大，一点也没有要停的样子。

“哎呀，这么个凉快法可有些过头了。真着了凉可不是闹着玩的呀。”

说着，他便站起身来，大大地打了个喷嚏，然后背起刚才捡来的柴火，东躲西藏地朝树林中走去。这时，树林子已经被进来躲雨的鸟兽弄得混乱不堪了。

“哎呀，劳驾。对不住，请让一让。”

老爷爷一边跟猴子、兔子、野鸽子之类一一打着招呼，一边朝树林深处走去。他的兴致依然很好，一点也没受到影响。最后，他钻进了一棵很大的山樱树根部的树洞里。

“哦，这个房间挺不错的嘛。喂，你们怎么样？想进来吗？”

他在招呼几只兔子。

“这里既没有严肃的老婆婆也没有了不起的圣人。怎么样啊？别客气，请进吧。”

老爷爷撒欢似的嚷嚷着，可不一会儿，就发出了低低的鼾声，睡着了。虽说“酒鬼”喝醉了会胡说八道，可基本上也就像这个样子，无伤大雅。

等呀等，等雨停。

老爷爷，累了吧。

不知不觉地，呼呼睡着了。

可山里却，放晴了，万里无云。

已变成了，月光明亮的，美好夜晚。

这月亮，正是春天里的下弦月。这月亮浮在如水一般明净的浅绿色的天空中，月光如同松针一般，洒满了整个树林。可是，老爷爷依旧沉沉酣睡着。等到蝙蝠“扑啦啦”地从树洞里飞了出去，老爷爷这才睁开了眼睛。看到了眼前的一片夜色之后，老爷爷大吃一惊：

“啊哟哟，大事不好！”

因为，此时立刻在他眼前浮现出来的，是老婆婆那张不苟言笑的脸，还有“阿波圣人”那张严肃刻板的脸。啊呀呀，不好了，不好了。虽说他们以前从未骂过我，可我这么晚回家，自己也觉得无地自容呀。唉，酒也喝光了吗？——他摇了摇酒葫芦，听到葫芦底部发出了“咕叽咕叽”的声音。

“多少还有点呢。”

他稍稍鼓了鼓劲儿，一口气将葫芦里的酒喝了个精光，借着微醺的酒意，嘴里嘟囔着“啊，月出东山。春宵一刻……”之类的废话，从树洞里爬了出来。

啊呀呀，这又怎么了，吵吵闹闹的。
简直不可思议啊，我是在做梦吗？

看哪，树林深处的草地上，出现了一幕绝非这世上所应有的、不可思议的场景。

鬼这种东西，到底是个什么玩意儿，我是不明白的。因为我从未看到过。从小时候起，我就看过许多鬼画，简直都看腻味了，可是，我却从未有幸面对面地看到过实实在在的鬼。不过我也知道，鬼里面似乎也是有着许多种类的。啥啥鬼，某某鬼的，从人们将某些可恶的东西称之为鬼的这一举动上，也可想见这鬼至少是一种具有丑恶本性的活物。可在另一方面，譬如说在报纸的新书广告栏中，有时就会出现“文坛鬼才某某先生之杰作”这样的字句，简直叫人一头雾水。我想，总不会是为了要揭露某某先生拥有魔鬼般的丑恶才能，并以此来警告世人，才在广告里使用了鬼才这样稀奇古怪的字眼的吧。甚而至于，有时还将“文学魔鬼”这样的无比粗鲁、极其过分的称号来献给某某先生。我想，不管怎么说，这位某某先生也一定会大为光火。可事实似乎并非如此，据说这某某先生被人取了如此无礼、恶毒的绰号也未必生气，往往悄没声儿地接受了这种奇怪的称号。这就令迂腐如我者越发地不知所措了。要说那种扎着虎皮兜裆布、手持粗糙铁棍的红脸小鬼就是诸多艺术之神，对我来说，是无论如何也无法想象的。我早就认为，“鬼才”啦、“文学魔鬼”啦这种难以理解的词语还是不用为好。可是，这仅仅是由于我见闻狭窄之故，说不定鬼也是分为许多种类的。这方面，其实只要稍稍查阅一下《日本百科辞典》，立刻就能变身为深受妇女老幼尊敬的博学之士（世上的“万宝全书”，其实大体上也就是这路货色），能够煞有介事地就“鬼”之主题滔滔不绝地大侃一阵子的了。可不巧的是，眼下我正屈身于防空洞里，膝盖上只摊开着一本画着图画的小人书，所以我不得不仅凭着这本小人书上的图画来做出判断了。

看哪，就在这树林深处略显宽敞的草地上，有十几名奇形怪状的家伙——呃，到底应该说“十几名”，还是应该说“十几只”呢？先不管这个了，反正都是些扎着虎皮兜裆布、红通通的巨大活物——这一点是确凿无疑的——正团团围坐着，兴高采烈地举办月光宴会呢。

乍看到如此情景，老爷爷吓了一大跳。然而，就“酒鬼”而言，即便在没喝酒的时候窝窝囊囊，完全不中用，可一旦喝醉了酒却会显示出远超常人的胆量来的。此时的老爷爷，正处在微醺微醉的状态。他已经成了一名勇者，即便是严肃认真的老婆婆、品行端正的“阿波圣人”来到跟前，也是不会再有所顾虑的。因此，面对眼前这种异乎寻常的景象，他不会露出那种瘫倒在地、动弹不得的丑态。他保持着爬出树洞时手脚着地的姿态，仔细观察着前方那个怪异的酒宴。

“哦，他们都喝醉了，好像都很开心啊。”

他嘴里这么嘟哝着，可心里却涌起了一股不可名状的喜悦之情。这就是“酒鬼”。他们看到别人喝醉了，自己也会觉得十分高兴。他们不是那种所谓的利己主义者。也就是说，或许他们怀着一颗博爱之心，肯为邻居家的幸福而干杯亦未可知。他们不仅自己愿意喝醉，倘若邻居也能与己同醉的话，他们似乎就能获得加倍的欢乐。

事实上老爷爷也是心知肚明的。仅仅是凭借着直觉，他就知道眼前这一群弄不清是人还是动物的家伙，属于“鬼”这样一种可怕的族类。仅仅根据它们扎着虎皮兜裆布这么一点，就已经是确切无疑。但是，这群鬼，现在喝醉了，都十分开心。老爷爷也喝醉了，于是，他们之间就不由自主地产生出了一种亲切感。老爷爷依旧保持着手脚着地的姿态，继续观察着眼前这一场月光下的怪异酒宴。

即便是鬼，眼前这群鬼也跟有着凶恶本性的啥啥鬼、某某鬼不同，尽管它们脸色通红，多少有些吓人，但它们也是朝气蓬勃、天真可爱的鬼。——这就是老爷爷的观察结果。应该说，老爷爷的这一判断，基本上是符合实际情况的。也就是说，这是一群应该可以被称作“剑山隐士”的、性情十分温和的鬼。与那凶恶的地狱之鬼，根本就不是一个种类。别的先不说，首先他们手里就没拿着什么吓人的铁棍。这一点，就足可以成为它们并无害人之心的证据。然而，说它们是隐士，倒也不是像躲进竹林深处的“竹林贤者”那样满腹经纶，学富五车。这些“剑山隐士”的内心，应该说是非常愚笨的。我曾经听说过一种非常简洁明了的学说：“仙”这个字，指的就是“山”中之“人”。因此，不管是什么样的人，只要住在山里，就都是仙人。按照此种学说，那么，不论其内心有多么的愚笨，或许我们也应该将“仙人”的尊称奉送给这些“剑山隐士”。总而言之，比起称作“鬼”来，将眼下正在月光下欢宴的这群红通通的、巨大的活物称作“隐士”或“仙人”或许更为确切吧。至于它们内心愚笨之事，刚才已经说过了，可再看看它们在酒宴上的表现——毫无意义地怪叫；拍打着膝盖大笑；站起身来乱蹦乱跳；大概算是当作舞蹈，团起巨大的身子，从圆圈的这头滚到那头——不仅能了解其智力的程度，更能看出它们实在是没有一点才艺的。仅仅根据这一点，就能证明那些“鬼才”啦、“文学魔鬼”之类的说法，根本就是胡说八道。要说这种毫无才艺的家伙是诸类艺术之神，我无论如何也无法接受的。老爷爷也一样，他完全被眼前这种弱智的舞蹈惊呆了。他一个人吃吃地笑着嘟囔道：

“这都是什么呀？我还从未见过这么蹩脚的舞蹈啊。要不要让我来跳一个，让你们也开开眼？”

喜欢跳舞的，老爷爷。
立刻冲进去，跳起舞来。
脸上的肉瘤子，悠悠荡荡，悠悠荡荡。
非常滑稽，非常好笑。非常，有意思。

微醺给了老爷爷足够的勇气。非但如此，他还对这些鬼怪们感到十分亲切，因此，他一点也不害怕，一下子冲到圆圈当中，跳起了他最为拿手的阿波舞[13]。

不仅跳，老爷爷还扯开嗓子唱起了阿波小调：

姑娘们梳岛田髻[14]，老婆婆戴假发。

系上红束带[15]的小娘子，令人着迷，令人着迷。

小媳妇们戴上斗笠，也来跳舞吧！快来呀！快来呀！

这些鬼怪们似乎也非常开心，发出了“吱吱喳喳”“嘻嘻哈哈”的怪声怪调，一个个流着口水，流着眼泪，笑得前仰后合，拍手跺脚。看到它们这副模样，老爷爷越发来劲，简直有些得意忘形，他拔高嗓门继续唱道：

走进大峡谷啊尽是些石头，

走进竹林子呀尽是些竹子。

他手舞足蹈，忘乎所以，越跳越起劲。

鬼怪们，乐不可支。

说是一到月夜，定要还来。

定要老爷爷，跳舞给它们看。

作为约定之凭证，非得扣留下，

一件重要的东西。

这些鬼们嘀嘀咕咕地小声商量着，它们觉得老爷爷脸上那闪闪发光的肉瘤子，一定是个世上罕见的宝贝，如果将它给扣留下来，老爷爷就一定还会来的。经过了这一番愚蠢的推论之后，它们便以迅雷不及掩耳之势，飞快地将老爷爷脸上的肉瘤子给摘了下来。尽管它们又无知又弱智，可毕竟在深山里住得年深月久了，或许已经修炼成了某种仙术了吧。所以不费吹灰之力，便干净利索地将老爷爷脸上的肉瘤子给摘了下来，连一点疤痕都没留下。老爷爷大吃一惊：

“啊呀，这可不得了了。这是我的小孙子啊。”

谁知他这么一说，鬼怪们更是得意洋洋，“哇——”地一下子欢声雷动。

长夜过去清晨到来，

回家的路上露水晶莹闪烁，

被摘去了肉瘤的老爷爷，

若有所失不无懊恼地抚摸着脸颊，

下了山，朝家里走去。

对于孤独的老爷爷来说，那肉瘤就是唯一的说话对象，所以肉瘤被摘去后，老爷爷多少有些寂寞和伤感。可是，变得十分轻松的脸颊在阵阵清凉的晨风吹拂下，感觉倒也不坏。嗨，这样的结果，说到底，应该算是无所得也无所失，一进一出两相抵消吧。要说有所得的话，那就该是好久没这样畅快淋漓地唱歌跳舞了吧？——老爷爷心里面悠闲自得地嘀咕着，下得山来，一路往家走去。可走到半道，迎面遇上了正要下田去干活的儿子“阿波圣人”。

“早上好！”

“阿波圣人”取下包脸的头巾，毕恭毕敬地请了一个早安。

“哎呀……”

老爷爷一阵慌张，什么都没说。他们俩就这么擦身而过了。要不怎么说是圣人呢，看到父亲脸上的肉瘤一夜之间消失得无影无踪，尽管他内心也略感吃惊，但考虑到对父母的相貌横加评议是有悖于圣人之道的，于是他就装作什么都没发现的样子，一声不吭地走开了。

回到家里后，老婆婆见了他，也只是十分平静地说了声：

“您回来了。”

根本就不问他昨晚一夜未归到底是怎么回事，只是低声地嘟哝了一句：

“酱汤已经凉了。”

就转身去给老爷爷张罗早饭了。

“哦，凉了也不碍事，不用再热了。”

老爷爷赔着十二万分的小心，乖乖地在食案前坐了下来。老婆婆给他盛好饭后，老爷爷就吃了起来。他非常想把昨晚的离奇遭遇说给老婆婆听，可老婆婆一脸严肃，对他形成了一种无形的压力。老爷爷的话刚到喉咙口，就给封住了，一句也说不出来。没办法，老爷爷只得低着头，无比落寞地吃着早饭。

“你那瘤子，好像瘪掉了么。”

老婆婆冷不防地冒出了这么一句。

“嗯。”

老爷爷此时已经不想多说什么了。

“是弄破了，里面的水都流光了吧。”

老婆婆若无其事，佯作镇静地说道。

“嗯。”

“还会积了水，肿起来的吧。”

“也许吧。”

总而言之，直到最后，肉瘤无端消失之事件也没在老爷爷的家里引起一点波澜。

话说，在老爷爷家的附近，还有一位脸上长着个讨厌的肉瘤的老先生呢。不过，这位老先生的肉瘤长在左脸上。而这位老先生确实觉得脸上的肉瘤十分讨厌，并且认为就是这颗肉瘤妨碍了他出人头地。

“唉，为了这颗肉瘤，我真是受尽了旁人的奚落啊。”

他每天都要对着镜子，如此这般地长吁短叹好多遍。他也曾想蓄起络腮胡子来，好让肉瘤在胡子中深藏不露。然而，可悲的是事与愿违，肉瘤的顶端依旧会从白色的胡须中冒出头来，如同一轮朝阳从万顷碧波中闪亮升起一般，反倒成了一道奇观。

要说这位老先生，其人品素养是无可挑剔的。模样也好：长得高大魁梧，大鼻子，目光炯炯有神。言谈举止十分沉着稳重，为人处世也显得非常周到细致。他的穿着打扮相当考究，据说还颇有些学问，就连家产，也相当地富有，是那位“酒鬼”老爷爷所望尘莫及的。附近的人全都会高看他一眼，尊称他为“老爷”或“先生”，无论从哪个方面来说，他都是个响当当的人物。美中不足的，就是左脸上的那颗肉瘤，让他日夜不得安生，每天都闷闷不乐。

这位老先生的妻子十分年轻，才三十六岁。尽管说不上如何的美貌，却也长得白白胖胖的，就是性格开朗得略显轻浮，动不动就会放声大笑。他们有一个十二三岁的女儿。这可是个相貌出众的美少女，只是在性格上多少有些任性淘气。然而，母亲跟女儿可谓是趣味相投，遇上点什么事她们娘俩就会一起哈哈大笑，简直要闹翻天。因此，尽管当家的老是愁眉不展，闷闷不乐，可这个家庭依旧给人以十分欢快的印象。

“妈，为什么爸爸的肉瘤会这么红呢？跟个章鱼头似的。”

任性淘气的女儿口无遮拦地阐发着自己的感想。那位当妈的倒也不含糊，非但不加以叱责，反倒“呵呵呵”地笑了起来。

“是啊，怎么回事儿呢？就跟脸蛋子上吊着个木鱼似的。嘻嘻。”

“闭嘴！”

老先生怒吼一声，狠狠地瞪了妻子一眼后站起身来，退入了昏暗的房间。他悄悄地照着镜子，灰心丧气地嘟哝道：

“这样子，可不行啊。”

他甚至想到干脆自己用小刀子将肉瘤割下来吧，倘若因此而送了命，倒也是一了百了了。可正当他走投无路的时候，忽又听到附近那位“酒鬼”老爷爷的肉瘤，最近不翼而飞了。于是这位老先生就连夜悄悄地拜访了“酒鬼”老爷爷，从“酒鬼”老爷爷那儿打听到了月光下的那个奇异酒宴的故事。

老先生听说后，非常高兴。
“好啊好啊，我也一定要，
让他们给摘下肉瘤子。”

老先生精神抖擞，斗志昂扬。巧的是，这天夜里天上也升起了一轮明月。

老先生如同要上阵的武士一般，目光炯炯，表情严肃，将嘴巴紧紧地抿成了一字形。他心中暗忖道：今夜老夫定要像模像样地舞上一曲，让那帮鬼怪们全都心悦诚服。万一它们不服，老夫就用手中的这柄铁扇[16]将其斩尽杀绝。不就是些贪杯好酒的鬼怪吗？又有什么了不起的呢？

也不知他是去给鬼怪表演舞蹈的，还是去扫荡妖魔鬼怪的。只见他右手执一柄铁扇，斗志昂扬，大摇大摆地就朝着剑山的深处进发了。

事实上，大凡人一旦怀有如此不可一世的“杰作心态”，那么，其所追求的艺术效果往往是要泡汤的。这位老先生也不例外，由于他过于矫情，他所表演的舞蹈也同样会以失败而告终。

话说老先生踏入了鬼怪们的酒宴圈子，毕恭毕敬、中规中矩地迈开了步子。

“在下，献丑了。”

他先跟众鬼怪打了个招呼，然后，站定身躯，“哗啦”一声打开了铁扇，抬头仰望着天上的一轮明月，端的是如同大树一般，纹丝儿不动。片刻之后，老先生轻轻地走起了台步，并不慌不忙地吟唱了起来：

“在下乃是在阿波鸣门[17]作夏日苦修之僧人。此处为平家一门丧命之地，一念及此小僧便哀痛不已，故每夜来此海滨诵经超度。长夜漫漫，又有谁来此稍驻？如同那岩上松柏，默然而立。

今宵之鸣门湾浦寂寥，湾浦寂寥，唯闻白浪拍岸，舟楫声急，舟楫声急。昨日早已逝去，今日行将完毕，明日定会来临。”[18]

唱罢，他缓缓地转动了一下身子，又站立不动，抬头凝望明月了。

鬼怪们，看得心烦意乱。
一个个站起身来，
逃往山里，逃往山里去了。

“等一下！”老先生声嘶力竭地叫喊着紧紧地追赶了上去。

“让你们就这么跑了，我可怎么办？”

“快逃啊，快逃。这老头说不定是钟馗[19]啊。”

“不是的，不是的。我不是钟馗。”老先生紧追不放，“拜托了！请无论如何，将我的瘤子摘了去呀。”

“什么？你要那颗瘤子？”慌忙之中，鬼怪们把话给听岔了。“说什么呢？那瘤子可是上次那个老爷爷留下的宝贝啊。不过呢，既然你这么想要，就送给你好了。总而言之，那种舞蹈，拜托你还是别跳了。看了你的舞蹈，我们连酒都醒了。请你放过我们吧。被你这么一闹，我们只好换个地方重新喝过了。求求你了，放过我们吧。喂，谁去把上次留下的那个瘤子给了这个怪老头吧。既然他这么想要，就快给他吧。”

鬼怪们，把上次留下的
那个肉瘤子，给粘到了老先生的
右边脸颊上。
哎呀呀，老先生的脸颊上，
挂着两个瘤子了。
沉甸甸的，摇摇晃晃，
老先生羞愧难当地，
回到了村子里。

这确实是一个十分令人遗憾的结果。

一般的童话故事，往往都是以坏人受到了报应而收场的。可是，这个老先生并没做什么坏事，顶多就是由于心情紧张，把舞跳成了那怪模怪样而已。并且，老先生的家里也没有一个坏人呀。还有，那位“酒鬼”老爷爷，以及他的家人，以及住在剑山的鬼怪们，都没有做过一点点坏事。

也就是说，在这个故事中，所谓的“行为不轨”之事一件也没有，却依然有人遭遇了不幸。因此，要想从这则《摘肉瘤》的故事中提取什么能够运用于日常生活的教育意义，将会是一件十分艰难的工作。

“那么，你到底是为了什么才写下这个故事的呢？”

如果有性急的读者如此追问我，我大概也只能对他作如下的答复了：

这就是性格所造成的悲喜剧。其实，在人间生活的内部，一直都存在着这样的问题。

浦岛太郎

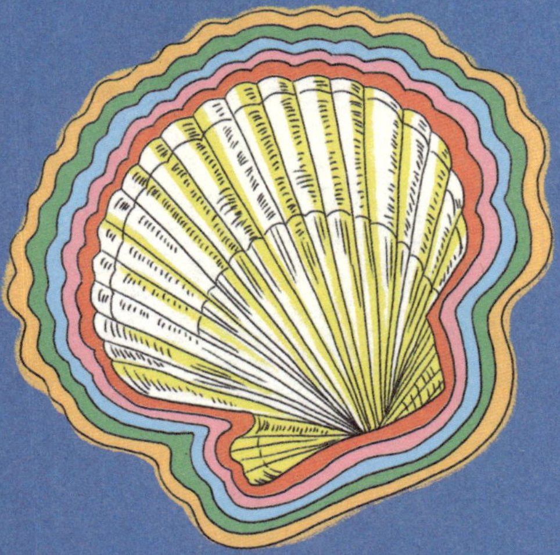

浦島さん。

浦岛太郎这个人物据说是实有其人的，就居住在丹后[20]的水江那儿。

丹后这个地方，在如今的京都府北部。据说其北部沿海的某个村子里，至今还保留着祭祀浦岛太郎的神社呢。我虽然没去实地考察过，可根据人们的口耳相传，总觉得那儿的海滩边是十分荒凉的。

我们的浦岛太郎就住在那儿。当然了，可不是光光的一人。他有父亲也有母亲，还有弟弟、妹妹呢。除此之外，他家里还有许多佣人。事实上，他是一个颇有渊源的世家之长子。说到世家长子，不论古今，都有些相同的特征。说穿了，就是有些特别的嗜好。这种所谓的嗜好，说好听一点，叫做“风雅”，说不好听一点，就是“贪玩”。不过，即便是“贪玩”，跟那种花天酒地、狂嫖烂赌的“放荡”还是大异其趣的。一般而言，那种喝起酒来不顾性命，跟不三不四的女人勾勾搭搭，净做些给父母兄弟脸上抹黑之放荡勾当的，往往是世家子弟中的老二、老三，老大一般是不会那么胡来的。因为他们有祖宗传下来的所谓“恒产”，故而自会生出一种“恒心”[21]来，使他们成为遵从礼仪的规矩正派之士。也就是说，长子的“贪玩”并不会像老二、老三那样借酒撒风，任性胡为，仅仅一时兴起的遣性抒情而已。倘若这种嗜好被人赞叹为与世家长子身份相匹配的高雅情调，且自己也陶醉于如此生活品位之中的话，也就心满意足，别无所求了。

“大哥没一点冒险精神，成不了大事。不是个大丈夫，是个小心眼儿。”

妹妹如此说道。他的这个妹妹才十六岁，是个疯疯癫癫的假小子。

“不，你说得不对。大哥是个好男人，太好了，都好过头了。”

弟弟如此反驳道。他的这个弟弟十八岁了，是个粗野汉子，肤色黝黑，相貌丑陋。

即便受到了弟弟妹妹如此不留情面的攻击，浦岛太郎也毫不生气，只是微微苦笑一下而已。

“让好奇心爆发出来是一种冒险，可是，将好奇心抑制住同样也是一种冒险啊。这两方面都极具危险性。人嘛，是自有其宿命的哦。”

他以一种已经大彻大悟了的口吻说了些云山雾罩的话之后，就双手往身后一背，独自走出家门，来到海滩上东游西逛起来。

海人[22]之渔舟，
散乱于洋面。
如那水田中，
刚刚拔起的茭白[23]。

他嘴里照例吟诵着一些颇觉风雅的诗歌片段。

“唉，人为什么非要相互攻击呢？仿佛不这样就活不下去似的。”他派头十足地摇着脑袋，思考起这么个朴素的问题来。“沙滩上盛开着的胡枝子花、海滩上爬来爬去的小蟹、息羽停歇于河口的鸿雁，它们中可是没一个会来攻击我的。人嘛，不也应该这样吗？各人自有各人的活法。人怎么就不能相互尊重一下各自的活法呢？我的活法相当地高雅，并且绝不给人添麻烦，可为什么还会有人对我说三道四的呢？真是不堪其烦啊。”

说着，他又轻轻地叹了口气。

“喂，喂，浦岛君。”

这时，从浦岛太郎的脚边传来了低低的招呼声。

一看，不是别人，就是上次出事的那只龟。

在此，我先声明一下：我并无炫耀自己有多么博学的意思，只是确实有必要对有关龟类的问题预先做一下交待。因为龟这种动物也是有许多种类的。有的生活在淡水中，有的生活在海水中，其体型长相自然也是大相径庭的。至于趴在弁财天女神[24]的池塘边睡大觉，晒乌龟壳的那种，那是水龟[25]。有些小人书上也画着浦岛太郎坐在水龟的背上，手搭凉棚眺望龙宫的图画。其实，那种龟一到海里，估计是要立刻会被海水呛死的。而办喜事时用的仙山盆景[26]中的“蓬莱山”上与仙鹤一起伺候在寿翁寿婆[27]身边，即所谓吉祥话中所说的“鹤寿千年，龟寿万年”中的那只龟，似乎也是水龟。一般几乎是看不到采用甲鱼或玳瑁的仙山盆景的。因此，画小人书的画家（考虑到蓬莱仙山与龙宫都是同类的场所）便将给浦岛太郎带路的角色当成了水龟，倒也是情

有可原的。

可是，一想到水龟要靠那四只长着爪子的、难看的脚掌来划水，并潜入海底，心里就觉得特别别扭。在这种情况下，怎么着也需要像玳瑁那样的宽宽的鳍状脚掌，才能优哉游哉地划水遨游啊。

可是，这么一来——我绝对没有炫耀自己有多么博学的意思哦——这儿又出现了一个令人头痛的问题。那就是，我听说就本国而言，玳瑁的产地仅限于小笠原[28]、琉球[29]、中国台湾[30]等南方各地。要说丹后的北部海岸，也即日本海一带的海滩上，非常遗憾，是绝不会有玳瑁爬上来的。

为了方便起见，我也曾想干脆将浦岛太郎设定为小笠原或琉球那边的原住民。可是，从古到今，大家似乎已经认定浦岛太郎

是丹后水江人了，不仅如此，在丹后的北部海岸，至今仍保留着浦岛神社呢，所以说，再怎么说讲给小孩子听的童话故事都是胡编乱造的，若是真基于对日本历史的尊重，人们绝不会允许如此瞎胡闹的。

既然如此，那就只好让生活在小笠原或琉球的玳瑁不辞辛劳，长途跋涉到日本海来了。可是，即便这样也还是有麻烦。“这不是胡说八道吗？”——估计那些生物学家会提出抗议，并会顺带着说些什么“文人缺乏科学精神”之类的风凉话。我可不愿意平白无故地遭受那些家伙的蔑视。

于是，我就开动了一下脑筋。除了玳瑁，还有没有长着鳍状脚掌的海水龟了呢？会不会是红海龟呢？十年前（可见我也上了年纪了），我曾经在沼津[31]的海滨旅馆里度过了一个夏天。有一天渔民们吵吵嚷嚷的，说是海滩上出现了一只龟背直径接近五尺的大海龟，我也去看了。确实是亲眼所见的。我记得那家伙叫做“赤海龟”。

对了！就是它了！

既然这家伙能爬上沼津的海滩，那么让它再辛苦一下，绕个圈子游到日本海这边，从丹后的海滩登陆上岸，估计也不会惹翻生物学界的吧。如果他们还要用“洋流”啦什么的纠缠不清，那我可就不管了。到时候我就说“出现在不该出现的地方这种不可思议的事情也不仅限于海龟吧”，将他们顶回去也就是了。本来嘛，科学精神这玩意儿，原本就不太靠得住。什么定理啦，公理的，不就是一堆假设吗？有什么好盛气凌人，不可一世的呢？

话说那只赤海龟（“赤海龟”这名字太长，说起来有些拗口，下面就简称其为“海龟”吧。）伸长了头颈，仰望着浦岛太郎，“喂喂”地招呼着，还搭话道：

“没什么大不了的。我懂。”

浦岛太郎大吃一惊。

“啊呀，原来是你呀，我还当是什么人呢。你不就是我前一阵子救过的那只海龟吗？你怎么又到这儿来瞎转悠了呢？”

前一阵子，浦岛太郎在海滩上见到小孩子们在作弄一只海龟，觉得那海龟十分可怜，就出钱将其买下，放归大海了。现在跟他说话的，正是那只海龟。

“什么？您说我在这儿瞎转悠？您的嘴也太坏点了吧。我会记仇的哦，少爷。您别看我这么闲逛着，其实我为了向您报恩，不分白天黑夜，每天每夜都到这片海滩上来等您的呀。”

“如此说来，你就太大意了嘛。或者应该说是缺心眼了吧。你想想呀，要是再被那帮毛孩子逮着了会怎么样？这下子可就真的无法生还大海了吧。”

“您的架子端得也忒大点了吧。再给逮着又怎么样呢？反正少爷您还会将我买下放回家的嘛。对不住，我是大意了。可我是想再次遇上少爷您啊。真的，想您想得不行。这就是痴心人的可悲之处，您可要领情啊。”

浦岛太郎苦笑着嘟哝道：

“那是你自作自受。”

谁知那海龟一听这话可就不答应了，立刻反击道：

“您怎么能这么说呢？少爷。您这么说可就自相矛盾了。您不是说您不喜欢受人攻击吗？可就这么一小会儿的工夫，您就说我‘大意’‘缺心眼’‘自作自受’，简直是极尽人身攻击之能事啊。如此说来，少爷您的遭遇才叫‘自作自受’呢。我可是有我自己的活法的哦。请您也能予以尊重嘛。”

应该说，海龟这场反击打得十分漂亮。

浦岛太郎的脸“腾”地一下子涨得通红。

“我这些话，其实不是攻击。是告诫。或者也可以说是良言相劝吧。所谓‘忠言逆耳利于行’，大概也就是这样的吧。”

他煞有介事地说着，将场面给糊弄过去了。

“嗯，不摆臭架子的时候，这人倒也不坏。”海龟小声嘀咕了一句后又说道：“好了，我也不多说了，请您坐到我背上来吧。”

浦岛太郎又吃了一惊。

“你说什么？我可不喜欢这种野蛮行径。坐到海龟的背上？简直就是在装疯卖傻了嘛。绝不是高人雅士之所为啊。”

“想这么多干吗？有什么关系呢？我只是想对您的救命之恩加以报答，带您去龙宫游玩一番罢了。快点，快坐到我的背上来吧。”

“啊？龙宫？”浦岛太郎不禁笑了起来，“你开什么玩笑？你该不是喝醉了吧。简直是在胡说八道嘛。龙宫？那不就是靠着诗歌、神仙故事而从古代流传下来的虚头巴脑的玩意儿吗？现实世界里哪有什么龙宫呢？你明、明白吗？自古以来，龙宫一直是我辈风雅之士的美丽的梦境，是我们的内心向往啊。”

由于他说得过于高雅，那神态语气也不免矫揉造作了起来。

这次轮到那海龟忍俊不禁了。

“哎哟喂，真吃不消啊。您这套风雅讲义我还是以后得空慢慢领教吧。现在您闲话少说，还是相信我的话，快点坐到我背上来吧。怪不得说您没尝过冒险的滋味，不堪大用呢。”

“你在说什么？你这话真是跟我妹妹说出来的话一样没礼貌啊。不管怎么说，我是不喜欢冒险的。举例来说吧，那就跟杂耍似的，看着眼花缭乱，挺唬人的，实则还是不入流的玩意儿。或许也可称之为“歪门邪道”吧。一点也没有对宿命本质的领悟啊。且非传统内涵深厚之教养。简直就是无知者无畏，或者叫‘初生牛犊不怕虎’的莽撞行为。对此，我辈正统的风雅之士是不屑一顾，嗤之以鼻的。反正我只想沿着前人所开创的稳妥的康庄大道，笔直前行。”

“噗！”那海龟又不禁笑出了声来，“走前人的路那才是冒险呢，难道不是吗？哦，对了，用‘冒险’这么个蹩脚的词是不恰当的，因为这会让人联想到血腥，联想到肮脏不堪的亡命之徒，将其称为‘执着于信念’您看如何？譬如说，只有相信山谷对面盛开着美丽的鲜花的人，才会毫不犹豫地攀着藤蔓爬到对面去。对此，人们以为是一种杂耍表演，或者报之以喝彩声，或者认为这是在哗众取宠而深恶痛绝。但是，这跟耍把戏之人的走钢丝表演是风马牛不相及的。那个手攀着藤蔓爬到对面去的人，只是想看看对面美丽的鲜花而已，心里面并没有什么‘我正在冒险’之类俗不可耐的出风头想法。什么叫以冒险来沾沾自喜？简直是荒唐可笑。这是信念。是因为坚信对面盛开着美丽的鲜花。也罢，我们就姑且将这样的行为称作冒险好了。说您没有冒险心，其实就是说您没有相信美好事物存在的能力，也就是没有信念。信念这玩意儿，难道是下流的吗？难道是歪门邪道吗？要不怎么说你们这些雅士不好弄呢，就因为你们是以没有信念为荣而活着的。我告诉您说，这可算不得是什么聪明哦。恰恰相反，这是最为卑劣的。这叫做“吝啬”。是老想着凡事自个儿不吃亏的铁证。您尽管放心，没人会死乞白赖地赖上您的。因为您根本不懂得如何老老实实地接受别人的好意。您是在为以后所要做出的回报担心，对吧。要不怎么说风雅之人都是些小心眼呢。”

“你这些话说得也太刻薄点了吧。我被弟弟妹妹无端地攻击了一番，想到海滩上来散散心，不料又被自己救过的海龟劈头盖脑地批评了一通，今天真是倒霉啊。我明白。毫无传统自豪感的家伙，就会口无遮拦，信口开河地乱说一通。这或许也可算是某种自暴自弃吧。其实我什么都明白。下面这句话或许不该从我的嘴巴里说出来，可事实如此，那就是，你们的宿命和我的宿命之间差着好几个级别呢。这种天差地别，是从刚出娘胎的时候就已经存在了的。这可怨不得我哦。这是上天所赋予的。可是，你们对此总觉得愤愤不平的，老咽不下这口气。总想着说点什么，好将我的宿命也拉低到你们的宿命的程度，可是，上天的安排又岂是人力所能改变的？你大吹其牛，说什么要带我去龙宫游玩，妄想以此来实现与我平等交往的企图。算了吧。我什么都明白，你就不必再做什么无谓的努力了，还是乖乖地回到你那海底的居所去吧。再说了，我好不容易救了你一回，要是让你再次落到那帮小混蛋的手里，不就前功尽弃了吗？所以说，不懂得如何老老实实地接受别人好意的不是我，正是你们这些家伙。”

“嚯嚯——”海龟怪笑道：“‘好不容易救了你一回’——这可真叫人诚惶诚恐啊。要不怎么说雅士让人瞧着别扭呢，就因为太拧巴了嘛。对别人好一点之后，就觉得是天大的美德了，心中暗自盼望着别人的回报。可人家对他好一点呢，就立刻警觉起来了，心想不能与之平等地交往，于是立刻就退缩了。既然话说到了这个份上，那就允许我也斗胆说一句吧。您之所以帮助我，也仅仅因为我是只海龟，而他们是一帮孩子而已啊。那是因为，您知道介入到小孩子与海龟之间的纷争并加以裁决，是不会留下什么后遗症的。那是因为，您给出的五分钱，在小孩子眼里已经了不得了。老实说，您也真会压价，只肯出五分钱。当时我还以为您会多出一些的呢。您那小气样儿，真让我吃惊。一想到我的身体只值得五分钱，简直是无地自容啊。可不管怎么说，由于您当时面对的是海龟和小孩子，所以总算还是拿出了五分钱，摆平了这件事。也就是说，对您来说，是心血来潮，是一时兴起的消遣罢了。可是，倘若您面对的不是海龟和小孩子，呃，譬如说，是粗野蛮狠的渔夫在欺负一个病恹恹的乞丐的话，您就别说五分钱了，连一分钱都不会出的。您肯定只会皱着眉头溜之大吉。因为你们这些风雅之人是不愿意看到惨淡的人生真相的。你们会觉得摊上了这种事，就跟自己那高级别的宿命被泼上了屎尿一般。所以说，你们所谓的'好心'，其实是为了好玩，为了自己的享乐而已。因为对方是海龟，所以才施以援手，因为对方是小孩子，所以才肯给五分钱。而对方是粗野的渔夫和生病的乞丐的话，就退避三舍，就躲得远远的，不肯沾边了。你们极不愿意让现实生活的腥风吹到自己的脸上。极不愿意弄脏自己那双洁白无瑕的玉手。是吧？我说的这些，都是我听来的。浦岛君，您不会生气吧。再怎么说，我还是喜欢你的呀。哦，对此，您或许会生气的吧？因为像您这样拥有高档宿命的人，会觉得被像我这样下贱的东西喜欢是极没面子的事情。所以你们这些人不好相处啊。更何况我还不是人，只是一只海龟。被一只海龟喜欢，心里就更不是滋味了，是吧？然而，这一点还请您原谅。喜欢不喜欢是没有道理好讲的呀。再说，我也并不是因为被您救了才喜欢上您的，更不是因为您是个风雅之人而喜欢上您的。只是毫无道理地一下子就喜欢上了。正因为喜欢您，所以才想说说您的坏话，才想调侃一下您。这就是我们爬虫类动物表达喜爱的方式。因为我们是爬虫类，是蛇的同类，所以得不到人的信赖也是情理之中的事情。不过呢，我可不是伊甸园里的蛇哦，不是我自夸其口，我可是日本的海龟啊。我可没有什么引诱您去游玩龙宫而让您堕落的见不得人的企图。别把我的好心当作驴肝肺。我只想跟您一起玩耍一番。跟您一起去龙宫游玩一番。仅此而已。在它们那里，是没有烦人的相互攻击和批评。它们全都优哉游哉，舒舒服服地过着日子。正是一个适合于游玩的好去处。由于我既能够爬上陆地，也能够潜入海底，所以能够观察到两边的生活并加以比较，可我的感觉是，陆地上的生活比较烦。相互之间的攻击、批评太多了。陆地上人们所说的话，全都是别人的坏话，要不然就是自我吹嘘。简直令人生厌。我就是因为时不时地爬上陆地，多少有些羡慕陆地上的生活，所以耳濡目染地也学会了说人的坏话了。我自己也知道这是受到了坏影响了，可这种喜欢说三道四的毛病是很难改掉的，反倒觉得让人耳根十分清净的龙宫有些寂寞无聊了。真是染上了坏毛病了。这也是‘文明病’的一种吧。如今，我都搞不清自己究竟是海里的鱼，还是陆地上的虫了。就跟搞不清自己究竟属于鸟类还是属于兽类的蝙蝠似的。唉，说来也真是可悲啊。或许可以说，我就是海底的另类吧。不知不觉间，我在自己的故乡——龙宫里也住不安稳了。不过有一点我绝对可以保证，那儿真是个适合游玩的好地方。请您无论如何要相信我。那儿是歌舞升平的国度，那儿有的是美酒佳肴。对于你们这种风雅人士，那儿真是最合适不过了。您刚才不是对无端攻击表示了深恶痛绝的感慨吗？在龙宫里是绝对没有攻击和批评的。”

海龟那令人震惊的长篇大论，听得浦岛太郎只有招架之功，毫无还手之力。可是，海龟的最后一句话，还是让他十分感兴趣。

“哦，要是真有这样的地方倒也不坏啊。”

“怎么着？您还不相信呀？我可没有胡说八道哦。您为什么就不相信我呢？我可要生气了。难道你们风雅之人就只会唉声叹气，不肯做出一点点的实际行动吗？真是不可救药啊。”

就算浦岛太郎性情温和，可被人贬到了这份儿上，倒也没有台阶可下了。

“既然如此，我也就别无他法了。”他苦笑着说道，“好吧，恭敬不如从命，我就暂且尝试在你背上略坐一坐吧。”

“您说的话，怎么句句都不中听呢？”海龟真的生气了。

“什么叫‘暂且尝试着略坐一坐’？略坐一坐不也是坐吗？结果还不是一个样儿吗？心存疑虑地向右转，和充满信心地向右转，其命运是完全一样的。无论是哪一种向右转，全都是无法挽回的。就在您做出尝试的一瞬间，您的命运就已经决定了您的人生，是不存在什么尝试的。暂且试试看，跟已经这么干了，其实是一回事。你们这种人做事情就这么不干不脆的，以为开弓还有回头箭呢。”

“好了，好了，我明白了。我就充满信心地坐到你背上去好了。”

“这就对喽！”

浦岛太郎在海龟的背上坐下后，龟背忽地展开了，竟然有两张榻榻米的大小。它不慌不忙地下到了海里。游了百十来米后，又用严厉的口吻命令道：

“把眼睛给闭上。”

浦岛太郎便老老实实闭上了眼睛。这时，他的耳边响起了雷雨一般的声响，周身都觉得暖洋洋的，一阵阵像是春风可又比春风更为沉重的风吹拂着他的耳朵。

“水深千寻[32]。”

海龟说道。

浦岛太郎觉得胸口十分难受，跟晕船似的。

“我能吐吗？”

他闭着眼睛问海龟道。

“您说什么？要呕吐？”

此刻的海龟恢复之前的那种诙谐打趣的口吻。

“您还真是个不讲卫生的乘客。啊呀，您这会儿还傻傻地闭着眼睛吗？真老实啊，要不怎么说我喜欢您呢。可以睁开了。您睁大双眼，好好观赏一下四周的景色，胸口马上就会好受的。”

浦岛太郎睁开了眼睛，只见眼前模模糊糊的，一片淡绿色的十分奇幻的光明，没有一点阴影，迷迷茫茫的。

“这就是龙宫吗？”

浦岛太郎直愣愣地问道。他呆头呆脑的，跟睡昏了头似的。

“说什么呢？这不是才水深千寻吗？龙宫那可是在一万寻深的海底的。”

“啊呀！”浦岛太郎怪声怪调地说道：“想不到这大海还真是宽广无边啊。”

“亏您还是在海边长大的呢，怎么说出话来跟深山里出来的猴子似的呢？这大海么，总要比您家池塘多少大一点吧。”

前后左右，无论朝哪个方向看去，全都是渺渺茫茫的。低头看看脚下，明亮的淡绿色，深不见底。抬起头看看，是一个苍穹般的浩瀚深邃的大洞。并且，周围十分寂静，除了他俩的说话声，就再也听不到任何声响了，只有像是春风可又比春风更为黏稠的风在撩拨着浦岛太郎的耳朵。

过了一会儿，浦岛太郎发现遥远的右上方有一些淡淡的黑点，就跟撒了一把灰尘后留下的污点似的。

“那是什么？是云吗？”

他问海龟道。

“拜托，别开玩笑好不好。大海中怎么会有云彩飘过呢？”

“那么，是什么呢？就跟滴了一滴墨汁似的。难道就是普通的灰尘吗？”

“您可真是笨到了家了。看了不就知道了吗？那是一群鲷鱼嘛。”

“啊？看起来真小啊。那一群，少说也两三百条吧？”

“太蠢了吧。”海龟嘲笑道，“您真这么觉得吗？”

“好吧。有两三千条？”

“您好好看看！至少有五六百万啊。”

“五六百万？别吓唬人好不好？”

海龟怪笑道：

“告诉您吧，那不是鲷鱼。是海里失火了。您看这烟雾腾腾的。看这烟雾的势头，嗯，恐怕其燃烧面积之大，抵得上二十个日本国吧。”

“胡说八道！火，能在海里燃烧吗？”

“浅薄，太浅薄。水里也有氧气的呀，为什么火就不能在水里燃烧呢？”

“别蒙人。你这是愚蠢的狡辩。别开玩笑了。那像灰尘似的一摊，到底是什么玩意儿？还是鲷鱼群？怎么说也不可能是失火啊。”

“还有就是失火。您想想看，陆地世界有无数条河流昼夜不停地往海里注水，可海水却既不增多也不减少，一直保持着相同的水量，这是为什么？您有没有想过这个问题呢？老这么不停地注水，尽管大海大得很，也会很伤脑筋，也会难以处置的吧。所以才必须时不时地像那样烧掉一点。烧呀烧的，就成了一场大火灾了。”

“可是，你看那烟雾怎么一点也不扩散呢？到底是什么玩意儿呢？打刚才起，就一直没动过。由此看来，好像也不是一大群鱼。别诚心作弄人了，好不好？快告诉我吧。”

“好吧，那我就实话实说吧。那个呀，是月亮的影子。”

“你又来了，又想耍我不是？”

“没有啊。我说的是实话。陆地上任何东西的影子都不会落在海底的。可是，天体的影子，由于是笔直地落下来的，所以能出现在海底。不仅仅是月亮的影子，还有众多星星的影子也都会落在海底的。在龙宫，就是根据这些影子来制定历法，分出四季的。哎？这月亮的影子怎么不太圆满，还缺了一小块，今夜是十三，对吧？”

浦岛太郎见海龟说得一本正经、像模像样的，心想或许就是这样的吧。不过，他还是觉得有什么地方不太对劲。然而，在泛着淡绿色浩瀚无边之大空洞的一个角落里的一个黑点，对于风雅之人的浦岛太郎而言，说它是月亮的影子也总比说是鲷鱼群或火灾有趣得多啊——哪怕是瞎说的也好。因为这种说法是足以牵惹乡愁的。

然而，就在此时，周围变得异常黑暗，还有猛如烈风一般的东西伴随着震耳欲聋的声响汹涌而至，几乎要将浦岛太郎从龟背上推落下去。

“您再把眼睛闭上一会儿吧。”海龟用严肃的口吻说道，“这儿正是龙宫的入口啊。人类即便来海底探险，一般也以为这儿就是海底的尽头，于是就回上去了。就人类而言，穿越这儿继续向前的，您就是第一个，说不定也是最后一个了。”

这时，浦岛太郎觉得海龟骨碌一下翻了个身。随即，海龟就保持着翻转过来的姿态，肚皮朝上地游着。而浦岛太郎依旧牢牢地附着在龟背上，跟翻了半个空心跟头似的，不过他并没有掉下来，而是头下脚上地与海龟一起往上前行。这可真是一种奇妙的错觉啊。

“请把眼睛睁开吧。”

听到海龟这么说的时候，浦岛太郎已经没有那种头下脚上的感觉了，而是十分正常地稳坐在龟背上了。海龟则不断地往下，再往下地游着。

四周微微发亮，如同黎明初晓一般，脚下则有一些白蒙蒙的东西。看起来像是山峦。也像是一座座的高塔，可要说是高塔就太过宏大了。

“那是什么？是高山吗？”

“是的。”

“是龙宫的山吗？”

由于太过兴奋，浦岛太郎的嗓音都有些嘶哑了。

“是的。”

海龟急速地划动着脚掌。

“雪白雪白的呀。难道是下了雪了吗？”

“嚯，拥有高档宿命的人，脑子里想的事情到底也与众不同啊。了不起。竟会想到海底也会下雪。”

“你不是说海底会着火吗？”浦岛太郎立刻反击道，“既然会着火，估计也会下雪吧。因为水里也有氧气的嘛。”

“下雪跟有没有氧气似乎有些八竿子都打不着吧。就算有些关联，恐怕也就跟刮风与木桶店赚钱之间的关系[33]差不多，简直是瞎扯嘛。想用这手来唬住我，没门儿。要不怎么说高雅之人不会说俏皮话呢。想说‘下雪容易下山难吗’[34]？不挨着呀。也太蹩脚了吧。不过，还是要比氧气强点。要不怎么说是‘醉氧’？跟‘醉蟹’[35]似的，还是不成啊。看来这氧气是怎么着也帮不了您啊。”

看来论嘴皮子功夫，对这头海龟只能是甘拜下风了。浦岛太郎苦笑道：

“如此说来，那些山……”

可刚说了一半，海龟就带着嘲弄的口吻抢过话头说道：

“‘如此说来’，哦，口气不小嘛。如此说来，那些山，也不是雪山。那是珍珠堆成的山。”

“珍珠？”浦岛太郎大吃一惊，“怎么可能？你又在胡说八道了吧。要真是珍珠的话，恐怕十万颗、二十万颗堆起来，也堆不出那样的高山来吧。”

“十万颗？二十万颗？真是小家子气的算法啊。在龙宫，珍珠可不是用什么一颗两颗那种繁琐算法的。我们说‘一堆’‘两堆’，明白吗？据说一堆大概有三百亿颗，不过谁都没有真的去一颗颗地数过。嗯，估计一百万堆的珍珠堆在一起，才能堆出那样的山峰来吧。我们这儿，可一直在为珍珠没地方扔而伤脑筋啊。说到底，所谓珍珠，其实不就是鱼儿的粪便吗？”

说话间，他们来到了龙宫的正门前。令人感到意外的是，这龙宫的门居然很小，孤零零地立在珍珠山的山脚下，发着蓝莹莹的荧光。

浦岛太郎从海龟的背上下来，在海龟的引导下，弯着腰钻过了正门。四周一片微明，静谧无声。

“真安静啊。安静得有些吓人了。该不是来到地狱了吧。”

“放正经一点好不好，我的大少爷。”海龟用它的鳍拍了一下浦岛太郎的后背，“所有的王宫都是这么安静的。以为龙宫一年到头都热闹得跟丹后海滩上跳舞庆丰收一样，那才是不着边际的空想呢。您还真是可悲呀，什么都没见过。要说起‘简约深邃’来，不就是你们所谓的风雅之极致吗？还说是地狱，简直是浅薄无知。您还别看这儿昏昏暗暗的，适应之后，会让您身心都得到放松，十分惬意的。留心脚下哦。滑倒了可就丢人现眼了。啊呀，您怎么还穿着草鞋呢。快脱了，多没礼貌呀。”

浦岛太郎脱下了草鞋，羞得满脸通红。他赤着脚走了几步，觉得脚底下滑腻腻的。

“这是什么路呀，真恶心。”

“这不是路，是走廊。您如今已经进入龙宫里面了。”

“是吗？”

浦岛太郎吃了一惊。他举目四望，发现四周既没有墙壁也没有柱子，只是茫茫然的一片昏暗，在身旁晃晃荡荡的。

“龙宫既不下雨也不下雪。”海龟故意装出一副语重心长的样子，谆谆教诲道，“因此，没必要跟陆地上的房屋那样建造起令人憋屈的檐顶和墙壁。”

“可是，正门的上面不是有个屋顶的吗？”

“那仅仅是个标志而已。还不光是门，公主的房间也是有屋顶和墙壁的。不过呢，那也是为了彰显公主的尊严，并不是用来遮风挡雨的。”

“是这样的呀。”浦岛太郎嘴上这么说，可脸上的神情表明，他依旧觉得挺不可思议的。“公主的房间在哪儿呢？怎么放眼望去一片萧瑟，一草一木都看不见，想那阴曹地府恐怕也不过如此吧。”

“要不怎么说乡巴佬就是乡巴佬呢，真拿您没办法啊。面对高大的建筑、恶俗的装饰赞不绝口，而对于这种娴静幽深之美却无法领会。浦岛君，您品位恐怕也不大靠得住啊。当然了，您原本就是丹后那种荒凉海滩的风雅之人嘛，也只有这么点水平了。要说到传统素养什么的，就叫人听着直冒冷汗了。正统的风雅之人常说，像这样子亲临现场后，乡巴佬就会现出原形的，叫人吃不消。我劝您还是省省吧，以后别再玩什么东施效颦的风雅了。”

到了龙宫之后，海龟的尖酸刻薄似乎也越发地变本加厉了。

浦岛太郎内心惶恐得不行，带着哭腔说道：

“可是，确实是什么都看不到啊。”

“所以呀，我不是说了吗？要您留神脚底下嘛。这可不是普通的走廊啊。这是鱼搭成的桥梁。您好好看看。几亿条鱼挤得紧紧的，才组成了走廊地板。”

浦岛太郎吓得一下子踮起了脚尖。他心想，怪不得从刚才起就一直觉得脚底下滑腻腻的呢。定睛一看，果不其然，确实是大大小小无数条鱼后背朝上紧紧地靠在一起，没有一点缝隙，并且是一动也不动的。

“这可真是够呛啊。”浦岛太郎的步伐陡然间变得战战兢兢的了，“这才是低级趣味。难道这就是所谓的简约深邃之美吗？踩在鱼背上走路，简直是野蛮至极。这些鱼儿不是太可怜了吗？如此奇妙的风雅，我这样的乡巴佬自然是欣赏不了的。”

刚才被讥讽为乡巴佬后堵在胸口的恶气，此刻终于得以发泄，因此他也觉得稍稍畅快了一些。

“不是这样的。”这时，他的脚边响起了轻微的说话声。“我们每天聚集在这儿，是因为醉心于公主的琴声。因此，这座鱼儿搭成的桥梁并不是为了风雅。您不必在意，尽管在我们身上走过去好了。”

“是这样啊。”浦岛太郎暗自苦笑道，“我还以为这是龙宫里的一种装饰呢。”

“不仅仅是这样。”海龟不失时机地插嘴道，“说不定是公主为了欢迎您，才特意命令鱼儿搭这座桥的呢。”

“这，怎么会？”浦岛太郎满脸通红，显得有些狼狈，“我可没有自恋到如此程度啊。可是，你轻描淡写地说什么这些鱼构成了走廊上的地板，可我想，这些鱼被人踩在脚底下，一定很痛吧。”

“在鱼儿的世界里，是用不着地板之类的东西的。我是觉得，如果用陆地上的房屋来打比方的话，那么它们就相当于地板。这是为了便于说明，不是什么轻描淡写的胡说。您说什么，您觉得鱼儿们会被踩疼吗？您可知道，您的身体在海里，重量仅仅跟一张纸差不多而已啊。您自己也应该感觉到自己的身子是轻飘飘的，是吧？”

听他这么一说，浦岛太郎倒也确实觉得自己的身体有些轻飘飘的。然而，由于不断地受到海龟的无端嘲弄，他已经恼羞成怒，再也受不了了。

“我什么都不信了。就因为这样，我才讨厌冒险的嘛。因为即便别人欺骗我，我也无法将其识破，只能听从引路人说的话。人家说什么，就是什么。老实说，冒险就是骗人的玩意儿。琴声也好什么声音也好，不是一点都听不到吗？”

他的抱怨终于发展到了胡乱撒气的程度。

海龟不慌不忙地回应道：

“您一直生活在陆地的平面之上，所以总以为自己的目标在东南西北的哪个方位上。可是，在海里，还有另外的两个方向。那就是，上和下。从刚才起，您就一直眼望着前方寻找公主的居所。其实在这个问题上您就已经犯了一个重大的错误。您为什么不看看您的头顶之上呢？您为什么不看看您的脚底之下呢？海洋的世界是漂浮着的世界。刚才的正门也好，那些珍珠堆成的高山也罢，都在微微地漂浮着。就连您自己，也在上下左右地漂浮着，也正因为这样，您才感觉不到其他物体的漂浮。或许您一直以为自己是在前进着，其实您依旧留在老位置上。说不定还倒退了一些呢。现在，由于洋流的关系，都在不住地被冲向后方。就这么着，如果从刚才的位置来看，如今大家都往上浮起了一百寻左右了。嗯，总而言之，您在这座鱼背桥上再走上一段吧。对了，就是这鱼背也越来越稀疏了。当心不要踩空了。哦，没关系，即便踩空了，也不会跌落深渊的。因为您的重量也只跟一张纸差不多嘛。也就是说，这座桥是座断桥。这条走廊全部走完后，前面也并没有什么东西。可是，您看看脚下。喂，鱼儿们，请让开一些，少爷要去见公主了。其实，这些鱼儿就是龙宫正殿的屋顶。海月[36]飘来成屋顶。——如此吟诵的话，估计你们这些风雅之人会很高兴吧。”

鱼儿们听了这话后，就默默地朝左右散开了。这时，从脚底下传来隐隐约约的琴声。听声音，非常像日本琴，可是又并不那么铿锵有力，似乎比日本琴更为柔和，更为空灵，娓娓动听且富有余韵。弹的是什么曲子呢？《菊露》？《薄衣》？《夕空》？《砧》？《浮寝》？《雉子》？好像都不是。所弹奏的曲子竟然连浦岛太郎这样的风雅之人都难以分辨，给人的感觉是那样哀婉凄恻，那样彷徨无依，骨子里还透着在陆地上听不到的高贵的孤寂。

“这可真是首奇妙的曲子啊。叫什么来着？”

海龟侧耳静听了一会儿，回答道：

“《圣谛》。”

“《胜地》？”

“神圣的圣，真谛的谛。”

“哦，对啊，《圣谛》嘛。”

浦岛太郎嘟哝道。到了这时，他才感觉到这海底龙宫生活的品位之高，是自己所望尘莫及的。自己所谓的“品位”确实是靠不住的。难怪海龟听到自己说什么“传统的素养”“正统的风雅”要冒冷汗了。自己的风雅仅仅东施效颦罢了。说到底，自己仍是一只乡下的野猴子。

“今后，无论你说什么我都相信了。《圣谛》，嗯，固然高雅啊。”

浦岛太郎呆呆地站立者，依旧在聆听这首奇妙的《圣谛》琴曲。

“来吧，该往下跳了。一点也不危险的。只要伸开双臂，向前跨出一步，您就晃晃悠悠地往下降了，挺舒服的。这儿是鱼背桥的尽头，笔直地落下去，正好落到龙宫正殿的台阶前。来吧，别愣着了。要跳了哦，准备好了吗？”

话毕，海龟就晃晃悠悠地沉下去了。浦岛太郎也重新打起精神来，伸开双臂，朝着鱼背桥外跨出一步。他觉得像是被吸下去似的，十分舒畅地落了下去。脸颊旁像是有微风吹过一般，凉飕飕的，十分受用。四周的颜色变成了浓绿树荫似的色泽，琴声也越来越清晰了，不一会儿，他就跟海龟并排站到了龙宫正殿的台阶前。说是台阶，其实一级一级的并不太分明，反倒像是一段铺满了发着灰色光亮的小珠子的斜坡。

“这也是珍珠吧。”

浦岛太郎小声问道。

海龟用颇为怜悯的眼神看着他说：

“您怎么看到小珠子就以为是珍珠呢？珍珠不是被扔掉了吗？堆成了那么高的山了吗？您先抓一把小珠子看看吧。”

浦岛太郎用双手捧起了一捧小珠子，冰凉冰凉的。

“啊呀，是雪珠啊。”

“开什么玩笑。您且将其放入口中试试。”

浦岛太郎非常听话，他一下子嚼了五六颗冰冷的小珠子。

“真好吃！”

“是吧。这是海底的樱桃，吃了能三百年不老。”

“是吗？吃多吃少一个样吗？”

自诩为风雅之人的浦岛太郎不觉忘了应有的稳重和矜持，露出了立刻就想大把大把地捧来吃的猴急样儿。

“我不怎么怕死，可受不了老态龙钟的样子。因为那样的话太不风雅了。我是不是应该再多吃一点呢？”

“别丢人现眼了。您抬头看看，公主来迎接您了。啊，公主今天可真漂亮啊。”

樱桃铺就的斜坡的尽头，笑脸盈盈地站着一个身穿蓝色薄衫的娇小玲珑的女性。透过其身上的薄衫，可以一直看到其雪白的肌肤。浦岛太郎内心一阵慌乱，忙不迭地转移视线，低声对海龟说了句：

“她就是公主吗？”

此刻，浦岛太郎的脸已经涨得通红通红的了。

“还用说吗？这不是明摆着的吗？别这么张口结舌的好不好，快给公主请安吧。”

被海龟一催促，浦岛太郎就更加张皇不知所措了。

“可是，该怎么说才好呢。像我这样的无名之辈，通名报姓不也是白搭吗？说到底，我们的此次来访原本就十分唐突，毫无意义。还是回去算了。”

在海底龙宫的公主的面前，这位平日里自诩拥有高级宿命的浦岛太郎也没了底气，竟想要溜之大吉了。

“对于您，公主早就了如指掌了。不是有所谓‘阶前万里’[37]的说法吗？别瞎琢磨了，恭恭敬敬地鞠躬行礼就行了。就算公主对您一无所知，她也不会对您有所戒备的，因为她根本就不是那种小心眼的人。用不着小心翼翼，字斟句酌的。直截了当地说自己是前来游玩的就行了。”

“哪能如此无礼呢？啊，公主在笑呢。不管了，先鞠一躬再

说吧。”

浦岛太郎万分恭敬地鞠了一个躬，弯腰幅度那叫一个大，双手都快碰到自己的脚尖了。

海龟在一旁看得头皮发麻，忍不住说道：

“您也恭敬得太过了吧。叫人看着都恶心啊。您是我的救命恩人嘛。完全可以更加威严一点的呀。您这么低三下四的，还有什么品位、风雅可言呢？啊，公主在招手了，我们快过去吧。来，挺起胸膛来，拿出‘我是日本国第一好男儿’的姿态来，露出最高档风雅之人的表情来，威风凛凛、大模大样地走过去。真没想到您在我面前那么傲慢，那么矫揉造作，可一看到女人竟然就连骨头都软了。”

“哪里，哪里。面对高贵之人，是一定要礼数周到的……”

由于紧张过度，浦岛太郎的嗓音嘶哑了。他脚步踉跄，跌跌撞撞地走上了台阶。

放眼望去，眼前是一个极为宽敞的房间，说它有一万张榻榻米的大小恐怕也不为过。不，与其说是房间，或许还不如说是庭院更恰如其分。不知从何处射来的如同树荫一般的绿色光芒，将此足有一万张榻榻米大小的广场照得一片迷离朦胧。地面上铺满了雪珠一般的小珠子，这儿那儿地毫无规则地摆放着一些黑色的岩石。然而，也仅此而已。除此之外，就再也没有别的什么东西了。不要说屋顶，连柱子都没有一根。如此宽广而又荒凉的大广场，说它是一片废墟似乎也并无不可。

仔细观察的话，可以发现在小珠子的缝隙中还星星点点地冒出了一些紫色的小花。然而，这些花朵只会徒增寂寥之感。或许这就是所谓的“幽邃之极致”吧，却令浦岛太郎不禁发出了由衷的感叹：想不到公主竟然生活在如此虚无缥缈的环境之中。

重新收回了心神之后，浦岛太郎偷偷地瞟了公主一眼。

公主一声不吭地转了个身，缓缓地迈开了脚步。

直到此时，浦岛太郎才发现在公主的身后还跟着无数比鳉鱼还小的金色的小鱼。这些小鱼聚在一起，活泼泼地游动着。公主一迈开步子，它们就紧随其后，那样子就跟公主的身边正不断地溅落着金色的雨点似的。到底是海底龙宫世界啊，处处不同凡响，什么都透着一股高贵气儿。

公主身着薄衫，衣袂飘飘。奇怪的是，她明明是赤着脚走路的，可仔细观察后就会发现，她那双白里透青的小脚其实并未踩踏到下面铺着的小珠子。她的脚底与小珠子之间，还保持着那么一点点的间隙。或许到目前为止，她的足底还从未踩踏过任何东西吧。她的足底一定跟新生婴儿一样，无比柔软，无比洁净。一想到这里，浦岛太郎就觉得，尽管公主浑身上下都并未做任何明显的修饰，却能让人自然而然地感觉到一种纯真的气质，高贵、典雅。

到龙宫来这么一趟倒还真值啊。——渐渐地，浦岛太郎就对此次冒险产生了感激之情。他心醉神迷地跟在公主的身后。

“怎么样？不错吧。”

海龟在浦岛太郎的耳边低声细语道。它还用鳍捅了捅浦岛太郎的肋下。

“啊，你这是干吗？”浦岛太郎感到一阵狼狈，“这花，这紫色的花可真漂亮啊。”

他在顾左右而言他。

“您说这个吗？”海龟有些扫兴地说道，“这就是海里的樱花。跟紫罗兰有点像，对吧。吃了这些花瓣后，会觉得十分畅快，会醺醺然而醉的。这就是龙宫里的美酒。还有，那些跟岩石似的东西，是海藻。因为已经历经好几万年了，所以它们凝聚在一起，跟石头一样了。其实它们很柔软，口感比羊羹[38]还要绵密。其味道可比陆地上的任何美味佳肴还要鲜美哦。并且，每一块‘岩石’的味道都是不一样的。龙宫里的生活就是这样的：吃着美味的海藻，沉醉于海樱花的花瓣，口渴了就在嘴里含几颗樱桃，聆听公主美妙的琴声，欣赏小鱼儿们落英缤纷的舞蹈。怎么样？我邀请您来的时候说，龙宫是个歌舞升平，满是美酒佳肴的国度，没骗您吧？跟您的想象也并无太大的差别吧？”

浦岛太郎没有回答，只是若有所思地苦笑着。

“我明白，我明白。在您的想象中，这儿似乎应该是锣鼓喧天、热热闹闹，有大盘大盘的鲷鱼、金枪鱼的刺身，还有穿红着绿的小姑娘跳着舞，到处都是金银珊瑚、绫罗绸缎……”

“怎么会呢？”浦岛太郎多少有些面露愠色地说道，“我还没庸俗到如此地步呢。我是在想，我原本以为自己是十分孤独的，可来到了这儿，才遇上了真正的孤独之人。我对我之前的那种矫揉造作的生活感到羞愧，简直是无地自容。”

“您是指那位吗？”海龟小声说着，很没礼貌地用下巴指了指走在前面的公主。“那位可一点也不孤独哦。她根本就不在意是否孤独。只有贪心不足的人才会为孤独所困。倘若丝毫不将他人之事放在心上，一个人过上千百年也只会觉得轻松自在。这才叫任由他人笑骂，我自好自为之呢。喂，您老这么走个不停，是要上哪儿呀？”

“哎？啊，也没想——”浦岛太郎吃了一惊。因为他没想到海龟会问这个。“你刚才不是说，公主她……”

“公主她可并没想要带您去哪儿哦。她已经把您给忘了。她只是要回自己的寝宫而已。您清醒一下，好不好。这儿是龙宫，龙宫就是这儿。再也没有可带您去的地方了。您就在这儿随心所欲地游玩好了。怎么着？光是这样，您还不满意吗？”

“别老作弄人啊。你说，我到底该怎么着才好呢？”浦岛太郎万分委屈，像是马上就要哭出来了。“公主亲自来迎接我了，我想，出于礼貌，我应该跟在她身后的。并不是我觉得自己有魅力，也没觉得什么不满意。可你说话的样子怪怪的，好像我想入非非，心里有什么不良企图似的。你太坏了，说话太损了。我有生以来还从未遇到过如此窘境呢。真是太过分了。”

“心思别那么重好不好。公主是非常大度豁达的。当然了，您是来自陆地上的稀客，并且还是我的救命恩人，公主亲自出迎也是理所当然的。再说，您还是一个洒脱、爽快的美男子嘛。啊，不，这一句是笑话，听了可别自我陶醉。总之，公主亲自到台阶处迎接了来拜访自己的稀客，这么着，她也就放心了。之后，就随您高兴，怎么玩，玩几天都行。而她就不闻不问、不管不顾地回自己寝宫去了。老实说，公主心里是怎么想的，是连我们都弄不大明白的。不管怎么说，她是非常大度，非常豁达的。”

“哦，听你这么一说，我倒似乎有些明白了。你的推测，应该说大体上是正确的。也就是说，或许这就是真正的高贵之人的待客之道，迎接了客人之后就忘掉客人。并且完全是以一种漫不经心的姿态在客人的身旁放置了美酒佳肴。歌舞音乐也不是出自招待客人这种露骨的意图而刻意安排的。公主自顾弹琴，并非特意弹给谁听。鱼儿们也自顾游玩嬉戏，并非给任何人炫耀舞技。他们并不指望客人的喝彩或称赞。客人也无需专注于欣赏并表露出叹为观止的神情。即便是躺着、歪着，装出一副毫不留意的样子也无所谓。因为主人早已将客人忘怀了。并且已经同意客人想干吗干吗了。想吃就吃，不想吃就不吃，一切随意。即便是喝得醉醺醺的，懵懵懂懂地听着公主的琴声也不算失礼。啊，待客之道，本该如此啊。庸人待客，只会不管三七二十一地劝人吃些不值一提的饭菜；肉麻地互相吹捧；明明没什么好笑，也一个劲儿地傻笑，哼！真是俗不可耐！明明是老生常谈，他们也会故作惊讶。他们只会搞些虚伪透顶的社交活动，只会搞些小聪明却还自以为很会招待客人呢。啊，我真想让他们看看龙宫里的这种大气、超脱的待客之道。说到底，他们所关心的并不是客人是否满意，只关心自己这么做是否掉份儿。整天提心吊胆的，还处处提防着客人，完全是自顾自地瞎忙活，要说真心诚意，那可是连指甲垢那么一丁点都没有的。什么呀，他们那种做法，就连喝一杯酒，也似乎是在交换字据，‘我请你喝了哦’，‘是啊，我已经喝了呀’。这都搞些什么名堂嘛，真是俗不可耐。”

“对了，就是这么个意思。”海龟十分高兴，“不过，您可不要兴奋过度哦，要是闹出什么心脏麻痹来可就不好办了。来，坐在这海藻凝成的岩石上，品尝一下樱桃之酒吧。倘若干吃海樱花花瓣，初次品尝的人会觉得气味太冲。因此，您可以将它跟五六颗樱桃一起放在舌头上。它们会瞬间融化掉，变成清冽爽口的美酒。仅凭着不同搭配，就可变化成不同的口味。来吧，您可以自个儿琢磨着，配出自己喜欢的酒品，开怀畅饮。”

浦岛太郎正想喝稍烈一点的酒。他摘了三枚海樱花的花瓣和两颗海樱桃放入口中，可谁知一碰到舌尖，嘴里就满是美酒了，尚未咽下，仅仅是这么含着，就已经令人心醉神迷了。待到美酒轻快地滑过喉咙，一股欣喜之情油然而生，仿佛在体内点亮了一盏明灯。

“好酒！这才是真正的‘解忧之物’啊。”

“‘忧愁’？”海龟立刻追问道，“您有什么心忧之事吗？”

“啊，不。我并没有什么忧愁。哈哈哈。”

浦岛太郎用假笑掩盖着尴尬，随后又轻轻地叹了口气，朝公主的背影瞟了一眼。

公主自顾默默朝前走着。她沐浴在淡绿色的光芒下，如同一株纯净透明、芬芳馥郁的海草一般，袅娜娉婷地、一声不吭地自顾自前行。

“她要去哪儿呢？”

浦岛太郎不觉嘀咕了出来。

“她自己的寝宫呗。”海龟不动声色地答道，脸上的神情似乎在说：这不是明摆着的事吗？

“从刚才起，你就一直‘寝宫’‘寝宫’地说个没玩，可那寝宫到底在哪儿呢？放眼望去，不是什么都没有吗？”

确实，放眼望去，只是一个大大的房间，一个大得几乎可称作旷野的房间，平平坦坦的，亮着微光。不要说宫殿似的建筑了，就连宫殿的影子都没有。

“往前看，朝着公主前进的方向，一直往前看。您是否能看到些什么？”

被海龟这么一说，浦岛太郎便皱起眉头，朝前方凝望了起来。

“哦，被你这么一说，倒好像是有些什么东西似的。”

大约在一里[39]开外的前方，有一个烟雾缭绕、迷迷蒙蒙、犹如幽深谷底似的地方。就在那儿，有像是纯白的水中花似的物体。

“就是那个吗？真小呀。”

“只有公主一个人在那儿休息嘛，要很大的宫殿干吗呢？”

“倒也是啊。”浦岛太郎又调配好了樱桃酒，一饮而尽。“公主老这么沉默寡言的吗？”

“是啊。要说语言这种玩意儿，想来也就是因为活在世上心生不安而派生出来的。是生命中的不安让语言发酵生长的，如同从腐土中长出红色的毒蘑菇。令人欢快的语言也确实存在，可恰恰是这种语言，被人们不怎么光明正大地制造出来。因为人们越是在欢快的时候，就越感到惶恐。人类所有的语言都是矫揉造作的产物，是一种装腔作势。在没有惶恐不安的地方，是根本不需要做那种不怎么光明正大的努力的。我从未听公主说过话。虽说沉默寡言之人难免有皮里阳秋[40]之嫌，然而，这种表面上不动声色，暗中对人刻毒揣摩这样的事，公主是绝对不会做的。平日里，她只是微笑着弹弹琴，在这个大厅里散散步，在嘴里含几枚海樱桃的花瓣罢了。实在是无比悠闲自在之人啊。”

“是啊。像她这样，也会喝海樱桃酒。真不错啊。只要有了这个，夫复何求呢？我还能再喝点吗？”

“请便，请便。到了这儿如果还要客气、拘束，那就是傻瓜了。您已经获得了无限制的许可。别光顾了喝酒，顺带着也吃点东西吧。那些看上去跟岩石似的玩意儿，可都是美味佳肴啊。您是喜欢油腻一点的呢，还是喜欢略带酸味的呢？各种口味的都有啊。”

“啊，有琴声传过来了。我躺下来听也行吧。”

老实说，所谓“获得了无限制的许可”的说法，浦岛太郎有生以来还是头一回听说。此时的他已经将什么风雅的派头忘到了九霄云外，他舒展开身子，仰面朝天地躺着。

“啊啊，酒酣耳热之后再这么一躺，真是快活似神仙啊。嗯，再吃点什么吧。烤野鸡肉味道的海藻，有吗？”

“有啊。”

“那么，桑葚味道的呢？”

“有。可是，我有一点不明白。您喜欢吃的东西，怎么都这么怪异、野蛮呢？”

“本性使然呗。我是乡巴佬嘛。”连说话的口吻似乎都有些变样了。“这就是风流的极致啊。”

抬眼望去，鱼儿所组成的天盖正在高高的上方漂浮着，蓝蓝染染，朦胧迷离。忽然，有一群鱼脱离了天盖，一条条银鳞闪烁，欢快地游动着跳起了舞来，如同降下了满天飞雪一般。

龙宫里没有黑夜也没有白昼。无论什么时候都跟五月的清晨似的，令人神清气爽。浓荫般的绿光照亮了所有的地方。浦岛太郎根本搞不清自己已经在这儿待了几天了。在此期间，他真是获得了无限制的许可，甚至连公主的寝宫他都进去过了。对此，公主没有显示出一丝一毫的反感，只是一如既往地淡淡地微笑着。

就这么着，浦岛太郎终于腻了。或许他就是对“凡事都被许可”这事感到厌倦了。他开始怀念陆地上的那种粗鄙的生活。那些彼此在意着他人批评的；那些一会儿哭一会儿闹的，那些斤斤计较地生活在陆地上的人们，竟让他觉得无比可爱，甚至是十分美好的。

终于，浦岛太郎跟公主说了“再见”。就连这个突如其来的告别，也被公主以无言之微笑的方式加以许可了。就是说，在这儿，无论什么都会得到许可的。从头到尾，始终是被许可的。公主亲自将他送到龙宫的台阶处，默不作声地递给他一个小小的海贝。这是个两瓣紧紧地合在一起的海贝，放射着令人目眩的五彩祥光，就是作为龙宫之礼物的宝盒了。

有道是“去时开心归路愁”，却说浦岛太郎坐上龟背，迷迷糊糊地就离开了龙宫。归途中，他的心中涌起了一股莫名的惆怅：啊呀，忘了感谢人家了。那么的好地方，真是天下无双啊。

唉，我要是能一辈子待在那儿就好了。可是，我毕竟是陆地上的人呢。无论在那儿过得多么的舒适快活，可心里总还是忘不了自己的家、自己的故里啊。即便沉醉于美酒，可进入了梦乡之后梦见的依然是自己的故乡。唉，没奈何。说到底，我是没资格在那儿游玩的。

“啊——受不了了。太寂寞，太难受了。”浦岛太郎自暴自弃般地大声地喊了起来，“也不知道是什么路数，反正是受不了了。喂，海龟兄，说点什么带劲儿的讽刺话吧。你这是怎么了？打刚才起就闷声不响的。”

确实，打刚才起，海龟就没吭过声，只是一个劲儿地划动四只脚掌。

“你生气了吧。你觉得我从龙宫出来，跟吃了霸王餐逃出来一样，是不是？所以你就生气了。”

“别瞎琢磨，好不好？要不怎么说陆地上的人不招人待见呢。您是自己想回家，所以才离开龙宫的，难道不是吗？无论什么事都依着您——从一开始到现在，我不是跟您说过好多遍了吗？”

“可是，你不是也无精打采的吗？”

“您才无精打采，垂头丧气的呢。我呢，迎接客人的活儿干得还可以，可送别的活儿就不擅长了。”

“真所谓‘去时开心……’，对吧。”

“我哪有什么说俏皮话、搞笑的心情？送别这事儿，怎么着也是件意气消沉的事儿啊。心情沉重，长吁短叹，无论说什么都索然无味，让人觉得干脆早点分手算了。”

“如此说来，果然你也十分哀愁嘛。”浦岛太郎大为感动，“这次，真是让你受累了。谢谢你！”

海龟没有回答，只是摇晃了一下背甲，似乎在说：你都说些什么呀，挺肉麻的。随后就继续快速地游动着。

“我说，公主在那龙宫里，总是孤单单地一个人玩啊。”浦岛太郎满怀忧郁地叹了口气，“她给了我这么漂亮的贝壳。这个，总不会也是吃的东西吧。”

海龟嗤嗤偷笑道：

“才在龙宫待了一会儿，您怎么就变得这么贪吃了呢？那可不能吃哦。虽说我也不是很清楚，可我想里面肯定是装着什么东西的。”

此时，海龟的口吻就跟伊甸园里的那条蛇差不多，有点撩拨人的好奇心的意味。难道这也是爬虫类动物共同的宿命吗？不，不，不能这么妄加推断，要不就太对不起这只善良的海龟了。再说，这只海龟以前不也自个儿对浦岛太郎说过“不过呢，我可不是伊甸园里的蛇哦，不是我自夸其口，我可是日本的海龟啊”这样的豪言壮语吗？应该相信它，要不就太委屈它了。即便是基于这只海龟到目前为止的对于浦岛太郎的态度来判断，也可以看出，它绝对不是那种如同伊甸园的蛇那样的，有着一肚子坏水，会引诱人走向彻底毁灭的坏蛋。它顶多不过是像前一阵子我们挂过的鲤鱼旗一样，有口无心，喜欢多嘴多舌罢了[41]，是绝对没有任何恶意的。至少我是愿意如此解释的。

当时，那海龟还在继续说呢。

“不过呢，这个贝壳恐怕还是不打开来看为好啊。因为里面装的一定是龙宫的精气一类的东西。倘若在陆地上打开，说不定会出现海市蜃楼，会让您发疯的。或者会喷出海水，引发大洪水亦未可知啊。反正我觉得将海底的氧气散发到陆地上，是不会有什么好事的。”

海龟说得十分认真，浦岛太郎也坚信它这么说完全是出于一片好心。

“嗯，或许是这样吧。龙宫里的氛围是那么的高贵，如果这贝壳中装的真是龙宫的精气的话，那么一遇到陆地上那种恶俗的空气，说不定会有很大的抵触，会引发大爆炸的。嗯，反正我就这么收藏着吧。当作我家的传家宝，永远珍藏着。”

说话间，他们已经浮出了海面。阳光明媚，十分刺眼。故乡的海滩已经近在眼前了。浦岛太郎归心似箭，恨不得一步跨进家门，然后立刻将父母和弟弟妹妹，还有许许多多的佣人全都集合起来，原原本本、详详细细地跟他们好好说一说自己的龙宫见闻。告诉他们所谓冒险其实是基于信念之力量的；人世间的风雅简直就是小家子气的东施效颦；所谓“正统”不过是“通俗”的别名罢了。你们知道吗？真正的“清高”是一种“圣谛”的境界，并不仅仅是简单的厌世；你们知不知道？在那儿没有烦人的攻击、批评，有的是无限制的许可。有的只是这样的微笑，对，就是我现在这样的微笑。你们懂不懂？要忘记客人的存在。听不懂吗？——就要现学现卖地将刚刚获得的新知识在他们面前大肆宣扬。如果我那个崇尚实务的弟弟稍稍露出一点怀疑的神色，我就立刻将这个美丽的贝壳递到他眼前，告诉他有这件来自龙宫的礼物为证，杀他一个下马威。

浦岛太郎情绪高涨，斗志昂扬。他甚至忘了跟海龟道别，一上海滩，就心急慌忙地朝家里跑去了。

啊呀呀我的故乡怎么变成这样了？
啊呀呀我家的房子到哪里去了？
放眼望去一无所有，只是一片荒野。
没有人影，没有道路。
唯有风吹松林之声，呼啸萧瑟。

故事情节就是这么着一路发展过来的。

接下来，浦岛太郎在茫然不知所措之后，终于打开了那个从龙宫带回来的礼物——贝壳。不过，关于这一点，是不必将责任

算到海龟的头上去的。

当然了，听说“不能打开”后，反倒深受诱惑，非要打开来看看——表现如此人性弱点故事也不仅限于《浦岛太郎》这一则童话。希腊神话中的“潘多拉魔盒”，似乎也表现了同样的心理状态。然而，在“潘多拉魔盒”的故事中，是从一开始就埋下了众神企图报复的伏笔的。是预见到潘多拉听到“不能打开”后，好奇心受到激发，日后必定会打开魔盒之后，才不怀好意地宣布了“不能打开”这条禁令。与此相反，我们那只善良的海龟，则是怀着深深的关切，才劝说浦岛太郎说“不能打开”的。仅凭当时海龟那种诚挚的口吻，就能坚信这一点。那只海龟是十分直爽的。对于浦岛太郎打开了贝壳这件事，它不用承担任何责任。就连我，也能凭着无限的信赖而为它作证。

可是，这儿还有一个叫人怎么也难以释怀的问题。

浦岛太郎打开了贝壳后，从中升起了一股白烟，而他立刻变成了一个三百岁高龄的老爷爷。原先流传的《浦岛太郎》故事，结局就是这样的。可这个结局让人觉得十分遗憾，叫人禁不住会想：浦岛太郎真可怜，他要是不打开那个贝壳就好了。老实说，我对于这么个结局，是抱有深深怀疑的。

难道说那个从龙宫带回来的礼物，也跟曾给人类带来了无穷灾难的“潘多拉魔盒”一样，隐藏着公主之报复或惩罚的诅咒吗？难道说，那个默默无语，仅以一个微笑给了浦岛太郎无限制许可的公主，竟然在如此温情的“皮里”藏着无比严酷的“阳秋”，出于不允许浦岛太郎肆意妄为之目的并要加以严惩的险恶用心，才将那个贝壳作为礼物送给他的吗？不，或者说，即便不持如此之极端的悲观论调，公主仅仅是为了单纯的恶作剧——就跟贵人们时常会满不在乎地开一些残忍的玩笑一样，才跟浦岛太郎开了这么个性质恶劣的玩笑吗？

不管怎么样，那位真正高贵的公主竟然会送给浦岛太郎一个带来如此悲惨后果的礼物，是绝对难以理解的。

潘多拉的魔盒中装着疾病、恐怖、怨恨、哀愁、疑惑、嫉妒、愤怒、憎恶、诅咒、焦虑、后悔、卑劣、贪欲、虚伪、懒惰、狂暴等所有不祥的恶魔。就在潘多拉打开魔盒的同时，这些恶魔便如同大群飞蚁一般“嗡”地一下子全都飞出来，散布到这世界的每一个角落。然而，当呆若木鸡、垂头丧气的潘多拉在惊魂甫定之后朝空空如也的魔盒底部瞥上一眼，她不也是在黑魆魆的箱子底部发现了那灿若星辰的宝石了吗？据说那颗宝石上还写着“希望”二字呢，而潘多拉在看到了这颗宝石后，苍白的脸上又重新透出了淡淡的血色。从此以后，无论人类遭受何种凶恶的妖魔的侵袭，都会从这“希望”上获得勇气，并最终克服所有的艰难困苦。

与此相比，浦岛太郎从龙宫带回来的这件礼物，可就显得毫无可取之处了：冒出一股白烟，变成三百岁的老头，仅此而已。纵然那贝壳里还有一颗“希望”之星，浦岛太郎也已经三百岁了。将“希望”之星送给一个三百岁的老爷爷，这不是瞎胡闹吗？已经毫无用处了啊。那么，倘若将那“圣谛”送给他又会怎么样呢？可是，对方毕竟已经三百岁了，事到如今，再送这些个虚无缥缈、煞有介事的玩意儿也无济于事了。老实说，人的年岁大到了三百岁，也就别无所图，万念俱灰了。结果就是，怎么着都是白搭。简直是无药可救了。看来，浦岛太郎带回来的礼物实在是太糟糕了。

可是，如果我们就此放弃努力，不再对此加以探究，那么，或许外国人就会说：比起希腊神话来，日本的童话太残忍。这可真是太窝囊了。因此，即便赌上那个令人十分留恋的龙宫的名誉，我也要想方设法地找出那个令人异常费解的礼物的高贵意义。虽说龙宫里的几天相当于陆地上的几百年，可即便是这样，也没必要将这几百年的岁月做成莫名其妙的礼物让浦岛太郎带回去吧。倘若浦岛太郎出了龙宫，在浮出海面之时立刻变成一个白头发的三百岁的老头，这倒还是能够理解的。倘若公主慈悲为怀，希望浦岛太郎永葆青春，那就没必要特意将这种“不能打开”的危险礼物送给他，将其扔在龙宫的随便哪个角落也就是了。要不，是出于“你的屎尿你自己带回去吧”之类的想法？如果是这样，那也没有品位，太低俗了吧。难道说如此高贵的“圣谛”公主，会做出大杂院里泼妇吵架似的事来吗？这是不可想象的。——真是百思不得其解。为了这事儿，我已经想了很久了。就这么着，直到最近，我才终于觉得多少有些明白过味儿来了。

说到底，是“三百岁对于浦岛太郎来说是极为不幸的事”这样的先入为主的观念妨碍我们的正确理解。事实上，就连小人书上也只写到浦岛太郎三百岁了，并没有接着写“这真是一件不幸的事情。他真够可怜的”之类的话。

一下子，
变成一位满头白发的，
老爷爷。

故事就到此为止了。所谓“可怜”啦、“犯傻”之类的，其实仅仅是我辈俗人的妄断罢了。这“三百岁”对于浦岛太郎来说，绝不是什么不幸！

而贝壳底部有什么“希望”之星，浦岛太郎因此而获救之类的想法，纯属少女的天真幻想，难免给人以做作之感。浦岛太郎就是因那股升起的白烟而得到救赎的。何必在贝壳的底部留下什么东西呢？那根本不是问题。正所谓：

岁月，才是人的救赎。

忘却，才是人的救赎。

龙宫里的高档招待，正是由这一份无与伦比的礼物而达到了最高潮。回忆，不是因年代相隔得越久远才越美好吗？更何况，是否要在瞬间度过这三百年的时光，也完全取决于浦岛太郎自己的心意。即便是在这一点上，他也同样得到了公主无限制的许可。因为，如果浦岛太郎不感到寂寞的话，恐怕他是不会去打开贝壳的吧。只有到了走投无路，除了贝壳之外再没有可求助的对象时，他才会去打开。而一打开，则三百年的岁月，一下子就忘却了。如此解释，已经足够了。日本的童话之中，其实是有着如此深刻的慈悲之心的呀。

据说在此以后，作为一个幸福的老人，浦岛太郎又活了十年。

噼啪噼啪山

《噼啪噼啪山》这个故事里的兔子其实就是一名少女，而身败名裂，最终一命呜呼的那只山狸则是对兔子少女想入非非的丑男人。我觉得这已经是不容置疑的事实了。

据说此事发生在甲州[42]富士五湖[43]之一的河口湖畔，也就是如今船津的后山一带。甲州那一带的风土人情，原本就比较粗犷。或许就是由于这么个原因吧，与其他的童话相比，这个故事多少给人一些野蛮、残忍的感觉。别的先不说，这故事的开端就已经十分残酷了。炖婆婆汤什么的，简直是令人发指，毫无幽默、滑稽可言。让人觉得这只山狸也太作恶多端了。讲到老婆婆的骨头在檐廊下散落一地的时候，真是惊悚恐怖到了极点。很遗憾，这样写的话，作为“儿童读物”是难免会遭受“禁止发行”的命运的。因此，现今发行的《噼啪噼啪山》小人书，只是模棱两可地说山狸弄伤了老婆婆后逃走了，颇为聪明地将这一段给糊弄过去了。这么做，可免于“禁止发行”的厄运，自然是功不可没的，可又出现了一个新的问题。那就是，倘若山狸的恶作剧仅限于此的话，那么作为对它的惩罚，兔子的报复手段就太过狠毒了。因为她所采用的并不是那种一刀斩成两段的痛快淋漓的复仇手法，而是先将其弄成半死不活的，然后不断地耍弄它，最后用泥巴船将它“咕噜咕噜”地淹死了。这种手法从头到尾都是阴谋诡计，与日本的武士道格格不入。然而，倘若山狸做出了将老婆婆炖成“婆婆汤”这样的罪恶勾当，那么，我倒也不是不能接受让它遭受如此严酷之惩罚乃是其罪有应得的说法，可出于不利于儿童的身心发育且“禁止发行”的顾虑，修改成山狸仅仅是弄伤了老婆婆后逃走，再让它遭受兔子的种种羞辱与折磨，最后还让它十分难看地成了落水鬼，就难免有处置失当之嫌了。

说到底，这只山狸原本并无任何罪过，他在山中悠然自得地过着自己的日子，却突遭厄运，被老爷爷逮住了，要被炖成狸肉汤[44]，于是他就垂死挣扎，拼着命也要杀开一条血路，这才使出穷途之策，欺骗了老婆婆，总算是九死一生，捡回了一条性命。他企图将老婆婆炖成“婆婆汤”，自然是罪不容赦的，然而，就像最近出版的小人书中写的那样，倘若山狸只是逃走时抓伤了老婆婆，或许仅仅是在拼命挣扎，也即拼命地进行正当防卫时无意中给老婆婆造成了伤害，那么，这就并不是什么令人发指的罪过了。

我家五岁的女儿，长相随她的父亲，实在是算不上怎么好看，可更为不幸的是，其脑袋瓜也随她的父亲，似乎很有些古怪的地方。我在防空洞给她念了小人书上的这个《噼啪噼啪山》的故事后，她就十分出人意料地冒出了一句：

“山狸哥哥，好可怜呀。”

当然了，“好可怜呀”其实是小姑娘前一阵子刚学会的说法，最近她无论看到什么都会说“好可怜呀”“好可怜呀”，这样能博得妈妈的赞许，因为妈妈总会惯着她——这点小心思是显而易见的，因此也不值得太过惊讶。还因为爸爸带她去井之头动物园[45]时，有看到一群在笼子里不停地溜达的山狸，她认为这是种可爱的动物，因此听这个《噼啪噼啪山》的故事就势必会偏袒起山狸来。且不管是出于何种原因吧，我家里这个小不点儿同情者的话大概是不当真的。她的思想还是童稚的单纯，同理心也是相当朦胧的吧。

然而，我却在女儿的这句动机纯真的话里得到了某种暗示。虽说女儿并不懂那么多，只是随口嘟囔了一下前一阵刚学会的话而已，可是她的笨蛋爸爸听到了，于是皱起眉头来陷入沉思：是啊。如此看来，兔子的行为太过分了。对于这么小的孩子，倒也还是可以随便说点什么支吾过去的，可对于再大一点，受过教育的，已经接受了武士道，或其他堂堂正正之观念的孩子来说，会不会认为兔子对山狸所做出的惩罚，其手段过于卑鄙呢？这可是个问题啊。

在最近出版的小人书里，故事情节被改编为山狸仅仅抓伤了老婆婆，而兔子却十分恶毒地作弄山狸，将他的背部烧伤，还在其伤口上涂抹辣椒粉，最后用泥土船将其淹死。如果这让已经上国民学校的孩子读到的话，他们肯定立刻就会觉得不对劲儿。纵然山狸十分残忍地炖了什么“婆婆汤”，为什么不堂堂正正地通名报姓后将其一刀两段呢？兔子的软弱无力，在这种情况下也是不成为其借口的。因为报仇雪恨就必须是堂堂正正的。天神都站在正义的一边。就算明知自己不是对手，也要大喊一声“天诛！”[46]，面对面地直扑上去的。倘若技不如人，且相差实在太大，那就首先应该卧薪尝胆，潜入鞍马山[47]等深山密林苦练剑术。日本从前的那些伟人，不都是这样的吗？不论之前的恩怨是如何的离奇古怪，凭借着阴谋诡计将对方玩弄至死的复仇故事，在日本还从未有过呢。唯独这个《噼啪噼啪山》的复仇故事是个另类，其复仇手段也太不光彩了。这根本就不是男子汉大丈夫所应有的所作所为。孩子也好，大人也好，或者这么说吧，无论是谁，凡是崇尚正义的人读了这个故事都会略感不快的吧。

然而，不用担心。我对这个问题已经有过深思熟虑了。至于兔子的所作所为有悖男子汉气概这一点，我也已经想明白了，并认为这是合情合理的事情。因为，这兔子原本就不是男人。这是确切无疑的。这只兔子是个十六岁的少女。尽管眼下尚未显露姿色，但她无疑是个美女，而故事之中最为残忍，往往出自这种类型。

希腊神话中有众多美丽的女神，除了维纳斯[48]之外，一般认为名为阿尔忒弥斯[49]的处女神是最有魅力的女神。正如大家所知道的那样，阿尔忒弥斯是月亮女神，她的额头上有一弯蓝白色的月牙，闪闪发亮。她行动敏捷，性格倔强。如果用一句话来概括的话，简直就是个女性版的阿波罗[50]。下界的凶猛野兽都是该女神的臣仆。不过，话虽如此，她可绝不是什么五大三粗的悍妇。应该说，她是个娇小玲珑的女子，手脚精巧可爱，美得令人窒息。不过她并没维纳斯那样的“女性风韵”，乳房也不大。对于自己看不顺眼的人，能无动于衷地痛下杀手。她甚至将水泼在偷看自己洗澡的男人身上，将他变成了一头鹿。想想看，别人仅仅看了一眼她洗澡，她就已经怒火中烧到如此程度了，真不知道要是握了一下她的手，会遭到多么严厉的惩罚。男人一旦爱上了这样的女人，必定会遭受奇耻大辱。然而，男人，越是愚蠢的男人就越容易爱上这种危险的女人。而这种爱恋的结果，基本上也是显而易见的。

倘若对此还心存疑虑，只要看看这只可怜的山狸就行了。这只山狸，其实早就偷偷地痴迷于那个阿尔忒弥斯型的兔子少女了。将兔子设定为阿尔忒弥斯型的少女后，那么无论山狸是犯了炖“婆婆汤”的大罪还是抓伤老婆婆的小罪，遭受到兔子少女之恶毒古怪，毫无“男子汉气概”的惩罚，我们也只能在一声长叹之后加以接受了。更何况这只山狸也同所有痴迷于阿尔忒弥斯型少女的男人一样，即便在山狸之中也是个其貌不扬。只知道胡吃海塞的土包子，等待着他的会是何种悲惨的命运也是令人不忍揣测的。

话说那只山狸被老爷爷逮住了，就在快要被炖成狸肉汤的千钧一发之际，为了再看上兔子少女一眼，他拼命地挣扎，总算逃回了山里。他嘴里嘟嘟囔囔地四处转悠着寻找兔子少女，好不容易找到后，就对她说：

“啊呀，你就为我高兴吧！我的一条命捡回来了。我趁着老头子走开的当儿，狠狠地挠翻了老太婆逃回来了。看来我的命还是挺硬的。”

他得意洋洋，唾沫飞溅地讲述着这次大难不死的历险。

兔子少女“咻”地往后一蹦，躲开了山狸的唾沫星子，满脸不以为然地听完了山狸的自吹自擂后，说道：

“我有什么好高兴的？跟我八竿子都打不着嘛。别唾沫星子乱飞好不好？脏不脏呀！再说了，那老爷爷和老奶奶，是我的好朋友啊。你不知道吗？”

“不会吧？”山狸愕然道，“我不知道啊。对不起，我真不知道。要是知道了，他们要拿我炖狸肉汤也好怎么着也好，我就都豁出去了。”

山狸顿时就泄了气了。

“现在说什么都已经晚了。我每次去他们家院子玩，他们都请我吃又软又酥的豆子，好吃得不得了，你不是知道的吗？可你却胡说什么不知道，真是太过分了。你，就是我的死敌。”

兔子少女毫不留情地做出了判决。

这时，兔子少女其实已经动了对山狸复仇的心思了。圣少女之怒，可是毒辣无比的。尤其是对于丑陋的蠢货，更是冷酷无情。

“原谅我吧。我真的不知道啊。我没瞎说。请相信我吧。”

山狸蔫呼呼地哀求着，脖子伸得老长，可怜巴巴地下垂着。这时，他看到身旁的树上掉下的一个果子，便飞快地拾来吃了，随即又张望着四周，看还有没有了。可他的嘴里依旧在说：

“我真的不知道啊。看你这么生气，我简直想一死了之了。”

“你胡说些什么呀！一心只惦记吃！”兔子少女无比轻蔑地扭过了脸去，“又好色，又贪吃，真是没救了。”

“你就当没看见吧。我的肚子早就饿瘪了。”他继续在周边一边寻觅着一边说道，“唉，我如今心中的痛苦，你要是能理解就好了。”

“我警告你，别靠近我！太臭了！快走开！我听说你吃蜥蜴来着。太可笑了。听说你还吃粪便。”

“怎么会呢？”山狸无力地苦笑着。不知为什么，他似乎也不能断然地予以否定，只是更加无力地歪着嘴，嘟囔一声“怎么会呢”。

“你别想装上等人。因为你身上的气味儿，可不是一般的臭。”兔子少女无动于衷地做出了十分严厉的结论。随后，她像是想到了什么好事似的两眼突然放出了光芒，将一张强忍着笑的俏脸重新转向了山狸。

“好吧，我这次就原谅你吧。仅此一回，下不为例。哎，你怎么又过来了？不是警告过你别靠近我吗？我可没放松警惕哦。喂，擦擦你的口水，好不好？下巴上湿漉漉的，像什么样子！好了，你听好了。这次，我网开一面，算是原谅你了。不过，是有条件的。那个老爷爷，如今肯定是灰心丧气，萎靡不振，连上山砍柴的精神头儿都没有了，我们替他砍了柴给他送去，好不好？”

“我们一起？你说我跟你一起吗？”

山狸那双小而浑浊的眼睛兴奋得直放光。

“怎么了？你不愿意？”

“我怎么会不愿意呢？我们现在马上就去吧。”

山狸兴奋得连嗓音都沙哑了。

“明天吧。明天一早。今天你不是又累又饿吗？”

兔子少女十分体贴地说道。

“太好了！明天我多带一些便当，专心致志地砍柴，砍好多好多柴给老爷爷送家去。这样的话，你一定能原谅我了。会跟我好的，对吧？”

“少啰嗦。一切都看你的表现。没准儿，我还真会跟你好呢。”

“嘿嘿嘿，”山狸忽然怪笑道：“瞧你这话说的。以后可要让你受累了。真他妈的高兴啊。我已经……”话说到一半，他飞快地一口吞下了一只爬到身边的大蜘蛛。“我已经高兴得不行了，高兴得快要放声大哭了。”

说着，他便抽搐着鼻子，假哭了起来。

夏日的清晨，清爽宜人。河口湖的湖面被朝雾覆盖着，放眼望去白茫茫的一片，烟雾迷蒙。山顶上，山狸和兔子少女正在奋力砍柴，浑身浸在晨露中。

看那山狸干活儿的样子，何止是专心致志，简直是进入了半疯狂的状态了。“嘿——哟，嘿——哟”，他十分夸张地哼哼着，不顾一切地挥舞着镰刀，时不时地还“啊呀，好痛，好痛……”地发出故意让人听到的呻吟，其实当然是为了在兔子跟前表明自己有多么的卖力，多么的辛苦累了。他横冲直撞，极尽全力地疯干了一阵子之后，便满脸疲惫地扔下了镰刀，似乎已经筋疲力尽，快要累死了似的。

“你看，你看，手上都磨出了水泡了。啊呀，火辣辣地疼。嗓子里冒烟了。肚子里也空空如也了。这劳动强度也太大了。我

们休息一下吧。带来的便当也可以打开来吃了吧。呵呵呵。”

他遮羞似的怪笑着，打开了一个巨大的便当盒——几乎有石油罐那么大吧。他将鼻子尖凑到便当盒上，“吧唧吧唧”“稀里哗啦”地发着阵阵噪声狼吞虎咽了起来。看他吃饭时的这副德行，那才真叫是专心致志呢。兔子少女满脸愕然，她停下了手中的镰刀，探头朝山狸的便当盒里瞄了一眼，却立刻“啊”地轻轻尖叫一声，用双手蒙住了脸。也不知她到底看到了什么，反正山狸便当盒里的东西肯定是非同寻常的。然而，今天的兔子似乎心里藏着个什么秘密，一改平时那种恶语相向、尖酸刻薄的态度，从一开始起就不怎么说话，只是颇有技巧地在嘴边挂着微笑匆匆地打柴，对于山狸刚才那种种得意忘形的丑态，她也只当没看见。即便如今瞄了山狸的大便当盒一眼，大吃一惊之后，她也依然没说什么，只是猛地缩起肩膀，继续砍柴而已。

山狸自然也感觉到兔子今天对自己格外地宽容，内心还因此而窃喜不已：怎么样？这小妮子到底被我拼命砍柴的干劲儿感动了吧？我的男人味这么足，又有几个女人抵挡得住呢？啊——吃饱了。唉，一吃饱就犯困，那就美美地睡上一觉吧。

山狸无拘无束，随心所欲，从来都是想干吗干吗的，所以他立刻倒头便睡，一躺下就大声地打起了呼噜。睡着睡着他还说起了梦话：“迷药什么的可不行啊，不管用嘛。”可见他所做的梦也是不太正经的。等他睁开眼睛的时候，已经临近晌午了。

“你睡得真香啊。”兔子温婉有加地说道，“我也已经捆好了一捆柴了，我们这就背到老爷爷的院子里去吧。”

“哦，好啊好啊。”山狸大大地打了个哈欠，又“刷刷”地挠了挠胳膊。“啊，肚子好饿呀。这么个饿法，反正也睡不着觉了。唉，我这个人是很敏感的。”他煞有介事地说道：“嗯，我也赶紧将砍好的柴归拢归拢，扛着下山吧。我的便当，哦，也空空如也了，是得赶紧结束了这活儿找东西吃了。”

两人背上了柴火，踏上了归途。

“喂，你走在前面呀。这一带有蛇。我害怕。”

“蛇？蛇有什么好怕的，遇上了我就抓来——”

他想说“我就抓来吃了”，可又想这么说似乎不妥，就立刻改口道：“我就抓来，弄死他。好吧，你就跟在我身后吧。”

“嗯，这种时候，有个男人还是挺可靠的。”

“别太捧我啦。”山狸洋洋得意地说道，“你今天特温柔。让人怪别扭的。不会是将我带到老头子那儿，要炖我的狸肉汤吧。啊哈哈哈，这我可受不了啊。”

“你看你，这么疑神疑鬼的。好了，你走吧。我一个人去就是了。”

“啊呀呀，我不是这么个意思嘛。蛇也好什么也好，在这个世上我没什么可怕的，可唯独怕那个老头子。因为他要将我炖成狸肉汤呀。这也太野蛮了吧。至少也是个不良嗜好吧。所以说，我只把柴火送到他院子跟前的那棵朴树那儿，然后就麻烦你给送进去了。我到了那儿可就打道回府了。因为我只要一看到那老头子的脸，就会莫名其妙觉得不痛快。哎？怎么了？这是。怎么有些奇怪的声响呢？这到底是怎么回事儿呢？你没听见吗？‘噼啪、噼啪’的，这是什么声音？”

“有什么好奇怪呢？这儿不就是‘噼啪噼啪山’吗？”

“噼啪噼啪山？这儿吗？”

“是啊。你不知道吗？”

“嗯，不知道啊。到今天为止，我还从来不知道这座山还有这么个名字啊。这名字好怪啊，你骗我的吧。”

“说什么呢？山不是都有名字的吗？那是富士山，那是长尾山，那是大室山，不是都有名字的吗？这座山的名字就叫‘噼啪噼啪山’呀。你听，不是在发出‘噼啪、噼啪’的声响吗？”

“嗯，听见了。可是，这事儿还真蹊跷啊。以前我还从未在这山上听到过这种声音啊。我就是出生在这座山上的，至今已有三十多年了，可是——”

“啊？你已经这么老了吗？上次你不是告诉我说你才十七岁吗？你太可恶了吧。我当时就纳闷呢，脸上尽是皱纹，腰也弯了，怎么才十七岁就这副德行了呢？没想到，你瞒报了二十岁啊。如此说来，你已经快四十了吧。唉，你可真够能扯啊。”

“啊，十七，是十七。我弯着腰走路可不是因为年纪大，是因为肚子饿。肚子一饿，我自然就成这副模样了。三十几年，这说的是我哥哥。因为我哥哥老将这话挂在嘴边，成了他的口头禅了，我听得多了，一不小心就带了出来。就是说，我受了他的传染了。嗯，就是这么回事儿。你明白了吗？”

山狸慌不择言，只顾一味儿地狡辩，就不管说话的语气了。

“是吗？”兔子依旧十分冷静，“可是，你还有哥哥这事儿，我也是头一回听说呀。你不是跟我说过吗？‘我太孤单了，太寂寞了，既没有父母也没有兄弟姐妹。这种孤单寂寞，你是不会理解的。’那又是怎么一回事儿呢？”

“是啊，是啊。这世上的事情是相当复杂的，不能一概而论的。这哥哥嘛，有时候就有，有时候就没有……”

山狸已经连自己都不知道自己在说些什么了。

“你这都说些什么呀？”兔子听了个一头雾水，“这也太乱了吧。”

“哦，对了。老实说，我是有个哥哥的。可这事儿，实在是难以启齿。因为那家伙没出息，是个酒鬼，唉，净给我丢脸，我的脸都给他丢尽了。三十多年来，哦，不，不是我，是我哥哥。我哥哥他三十多年来，净给我添麻烦了。”

“就这么着，也不对啊。你不是才十七岁吗？你哥哥怎么能给你添了三十多年的麻烦呢。”

兔子的这句话山狸假装没听见，他自顾说道：

“所以说，这家家有本难念的经，世上的事情是不能一概而论的。我已经不把他当作哥哥了，跟他断绝关系了。哎，这是怎么回事儿？怎么有股子焦糊气味呢？喂，你闻到没有啊？”

“没有。”

“哦，是吗？”山狸自言自语道。由于他常吃一些腐臭的东西，对自己的鼻子已经失去信心了。他满脸诧异，歪着脖子说道：“难道是我的错觉吗？啊呀，不对，不对，好像是什么东西着火了。‘噼里啪啦’‘呼呼’的，你听到了吗？”

“这有什么可奇怪的？本来就是‘噼里啪啦呼呼山’嘛。”

“不对。你骗人。你刚才还说这是‘噼啪噼啪山’呢。”

“是呀。即便是用一座山，不同的地方也会有不同的名字的。富士山的半山腰不是还有一座小富士山吗？再说了，就连大室山、长尾山不也是跟富士山连着的吗？你不知道吗？”

“嗯，不知道。是吗？有这么回事儿吗？这儿叫‘噼里啪啦呼呼山’吗？三十多年来，哦，不，用我哥哥的话来说，这儿不就是后山嘛。啊呀，怎么这么热？该不是发生地震了吧。今天这鬼日子可真不对劲儿啊。啊！烫死人了。啊呀呀呀，不得了了。柴火都着了，救命啊！啊呀呀，要烧死人了。”

第二天，山狸蜷缩在自己的洞穴深处，不住地呻吟着。

“哎哟哟，好难受。我大概是快死了吧。唉，再也没有比我更不幸的人了。我生来略带那么几分帅气，却反倒让女人们自惭形秽不敢靠近了。看来这拥有高雅气质的男人是要吃哑巴亏的。或许她们以为我不好女色吧。嗨，这都哪儿跟哪儿呀。我又不是什么圣人。怎么会不喜欢女人呢？可尽管这样，女人们似乎已经以为我是个清高的理想主义者了，怎么也不肯来勾引我。既然如此，还不如索性狂奔大叫：'啊！我喜欢女人啊！'哎呀，好痛，好痛。要说这烧伤可真不是人受的，一阵阵地抽痛啊。好不容易逃脱了被炖成狸肉汤的厄运，这次倒好，又走进了什么莫名其妙的'呼呼山'，真是倒霉到家了。那是座什么鬼山呀，柴火竟会自个儿呼呼地烧起来，也太不靠谱了吧。我活了三十多年……"说到这儿，他停顿了一下，眼珠子骨碌一转，打量了一下四周后，继续嘟哝道，"有什么好隐瞒的，一来二去的，我已经三十七岁了嘛，怎么了？再过三年就四十了，明明白白、自然而然的事情嘛。看看我这模样不就清楚了吗？啊呀，好疼，好疼。好歹我也在那后山转悠了三十七年了，还从未倒过如此大霉呢。什么'噼啪噼啪山'啦，'呼呼山'啦，光听这名字就稀奇古怪的。嗨，简直是莫名其妙。"

他敲打着自己的脑袋陷入了沉思。

这时，外面传来了小贩的叫卖声。

"仙金膏，有买仙金膏的吗？专治烧伤、刀伤、黑皮肤啦。"

比起烧伤、刀伤来，后面的那个"黑皮肤"更让山狸动心。

"喂，卖仙金膏的。"

“哎，是哪位呀？”

“这儿，在洞里呢。能治好黑皮肤吗？”

“没得话说，一天就见效啊。”

“呵呵，好啊。”山狸十分高兴，钻出洞来一看，惊呼道，“哎呀，怎么是你？你不是兔子吗？”

“是啊。我是兔子，这不假，可我是男的。在这一带卖药已经三十多年了。”

“哦……”山狸叹了口气，歪着脖子讶异地说道：“不过，还真有长得一模一样的兔子啊。三十多年？是吗？就你？嗨，算了。年岁的话不说也罢。没意思透了。也太纠缠不清了，是吧。算了，就那么回事儿吧。”山狸语无伦次地糊弄过去后继续说道：“你能匀些药给我吗？老实说，我正为这事儿发愁呢。”

“啊呀，你身上有烧伤啊。这可不行啊。不及时治疗可是要死人的呀。”

“嗨，没什么。死了倒也干脆。这烧伤什么的，随它去好了。我更担心的，是我这脸——”

“说什么呢？你真处在生死关头呢。背上的烧伤可是最可怕的。你这是到底怎么了呢？”

“要说这个呀，”山狸歪着嘴说道，“我一踏入‘噼里啪啦呼呼山’——嗨，这名字真讨厌，就倒了大霉了。真是吓死人了。”

兔子听了，竟忍不住吃吃地笑了起来。山狸不知道兔子为什么要笑，却也不管三七二十一，跟着一起哈哈哈地傻笑了起来。

“真倒霉啊。你也别只当作笑话听哦。我正式向你提出忠告：那座山可千万不能去！一开始叫做‘噼啪噼啪山’，后来就变成了‘噼里啪啦呼呼山’，你说哪有这种事？去了准倒霉。顶多到了‘噼啪噼啪山’那儿就得打住了，如果非要踏入什么‘呼呼山’，就会落到我这么个地步了。哎呀，好痛，好痛。听好了哦，我可忠告过你了哦。你还年轻，不要不把我这样的年长之人——不，也不能算年长之人吧——的话当回事，要尊重友人的忠告。毕竟是过来之人说的嘛。哎呀，好痛，痛痛……”

“多谢了。我会小心在意的。可是，这药该怎么说呢？好吧，为了感谢你好心好意地给了我忠告，这药我就白送了你吧。来，我先给你背上的烧伤处涂上吧。幸亏我今天刚好路过这儿，如若不然，说不定你就一命呜呼了。这也许是老天爷的指引，是一种缘分吧。”

“嗯，说不定还真是缘分呢。”山狸低声呻吟似的说道，“既然不要钱，那就给我涂一点吧。我最近正犯穷呢。唉，一迷上了女人，钱就不够花的了。真是人财两空啊。你将那药膏顺带着也在我手心里挤上一点吧。”

“你想干吗？”

兔子的脸上露出了疑惑不安的神色。

“不，不干吗。我只是想看看罢了。看看这药膏是什么颜色的。”

“颜色跟别的药膏一样的。你看，不就是这样的吗？”

说着，兔子在山狸的手心里挤了一点药膏。

山狸心急慌忙地就要往脸上抹，兔子见状大吃一惊，她怕药膏露了马脚，赶紧将山狸的手给拦住了。

“哎呀，不好！这药性子太烈，不能往脸上抹。别胡来！”

“你放手！”到了这份儿上，山狸就有些破罐子破摔了。“求你了，快放手。你是不会理解我内心的痛苦的。你知道吗？就因为我长得黑，这三十多年来，我受了多少委屈啊。放手。快放手。求你了，快让我抹吧。”

山狸急火攻心，抬腿将兔子给踹飞了。然后，以迅雷不及掩耳之势飞快地把药膏往脸上一通乱抹。

“老实说，我的相貌还是不错的，五官端正，鼻子是鼻子眼是眼的，就是肤色太黑这一点叫我没了底气。不过没问题了。这下子全都解决了。哇——嘀，这药膏可真厉害，火辣辣的。行啊，不是这样的猛药还真治不了我这一脸的黑皮。哇——好厉害。没事儿，我挺得住。等着瞧吧。下次再遇上了，就要她的好看。让她一看到我的脸，就立刻意乱情迷，跟掉了魂儿似的。我才不管她得不得相思病呢。关我屁事！哼！哎呀，火辣辣的疼。这药，肯定管用。好吧，既然已经到了这个地步，背上也好，哪儿也好，就尽管涂吧。把我疼死也无所谓。来吧，快涂吧。只要能变白，死了也值。你不要手下留情，狠狠地涂就是了。”

这光景，看来只能用“悲壮”来形容了。

然而，美丽、高傲的圣少女之残忍也是无止境的，就跟恶魔也差不了几分。只见她无动于衷地站在那儿，将那用辣椒粉调制而成的药膏狠狠地抹在山狸的烧伤之处。山狸疼得眼前金星直冒。

“啊，没事儿，我挺得住。这药，一定管用。哎呀，真厉

害。快拿水来。这儿是什么地方？是地狱吗？快饶了我吧。我可没犯过要下地狱的罪过呀。我只是不想被炖成狸肉汤，才抓伤了老婆婆的。我没造什么孽啊。我活了三十多年，就因为长得黑了些，从来就不招女人待见。再说，我也就是贪吃一点，啊呀，好疼。为了这个我是多么地自卑啊。谁都不理解我啊。我好孤独呀。我可是好人哪。我的五官长得还是很端正的呀。”

山狸疼痛难当，嘴里说着些可怜巴巴的胡话，不一会儿就失去知觉了。

然而，山狸的不幸却并未因此结束。就连作为作者的我，也是一边写一边为他不幸的命运而长吁短叹啊。在日本的历史上，恐怕还没有谁像他这样悲惨地度过后半身的吧。逃脱了被炖成狸肉汤的厄运后刚觉得轻松一点，又莫名其妙地在什么“呼呼山”上遭遇了火灾。九死一生之余，好不容易爬回了自己的老巢，歪着嘴直哼哼的时候，烧伤处又被满满地涂抹了辣椒粉，疼得直至失去知觉。最后还被骗上了泥土船，葬身于河口湖底。这无疑是“桃花煞”之一种，可这样的“命犯桃花”也太寒碜点了吧。风流韵事什么的，一件都没有。

山狸在山洞深处躺了三天三夜，气若游丝，一条小命在阴阳界上徘徊游荡着。到了第四天，强烈的饥饿感让他睁开了双眼。山狸拄着拐杖爬出了洞口，嘴里嘟嘟囔囔着，晃晃悠悠地四处寻找着食物。那模样叫人见了可真是心酸不已。然而，他的身子骨到底还是硬朗的，没过十天，竟然痊愈了。食欲，一如往常地旺盛；色欲，也开始蠢蠢欲动。真所谓吃不够的苦头学不会的乖，他竟然又屁颠屁颠找上兔子的家门了。

“我又来找你玩了。嘿嘿。”

山狸有点不好意思，又有点诡秘地笑了笑。

“啊呀！”

兔子说道，脸上带着十分露骨的厌恶神情。她心里似乎在想：我当是谁呢，原来是你呀。

不，应该比这更狠一点：你怎么又来了？太不要脸了吧。

不，应该比这更毒一点：啊，真受不了。瘟神又上门了！

不，应该比这更狠毒一点：真脏！真臭！去死吧！

很明显，此刻兔子的脸上，就是这么一副厌恶至极的表情。然而，不请自到的“不速之客”，往往是非常拎不清的，往往缺乏察言观色的能力，感觉不到主人对自己的厌恶。这真是一种不可思议的心理现象。读者诸君也不妨留意一下。

通常，当你出门拜客时觉得心里十分沉重、十分拘谨，勉勉强强，极不情愿地前往的场合，往往会受到出人意料的欢迎；而与此相反，当你觉得“啊，在他家里真是舒畅，几乎跟在自己家里一样。不，比在自己家里更加舒畅。简直就是我唯一的安乐乡啊”，怀着这样一种十分轻松、十分期待的心情前往时，诸位听好了，你多半会被对方当成累赘，被对方觉得你很脏，给对方带来恐惧，对方会在拉门后竖一把扫帚的[51]。说到底，希望将别人的家当作自己的安乐乡，或许这本身就是笨蛋的明证。总之，在拜客这件事上，我们常常是会犯令人震惊的错误的。即便是很近的亲戚，如果没什么要紧事也不能老上门去——或许应该这样才对吧。倘若读者诸君中有人对作者的这一忠告心存疑虑，那就请你好好看看这只山狸的下场吧。

很明显，山狸已经犯下了这么个可怕的错误了。兔子已经惊叫了一声“啊呀”，并露出了厌恶的神情，可山狸却一点也没觉察到。山狸将那一声“啊呀”理解为兔子看到自己来访后的惊喜，是情不自禁地发出的少女那天真的娇声。因此，他对此竟感到欣喜不已。而兔子那紧锁眉头的表情，山狸又理解为是兔子在为自己前一阵子在“呼呼山”遭灾而心痛。

“哦，谢谢啊。”对方并无一句抚慰的言语，他却首先道起谢了。“别担心。没事儿。我有神灵关照，运气很好。‘呼呼山’算得了什么呀？简直就是‘河童之屁’[52]。嗯，听说河童肉倒是很好吃的，我正想着要品尝一下呢。啊，这是题外话了，就此打住吧。要说那会儿也真是令人震惊啊。那火势可真旺啊。你怎么样？看起来没受什么伤嘛，能从那样的大火中平安脱身，还真有你的呀。”

“平安什么呀？”兔子故作姿态，佯作嗔怪地说道，“你也太过分了吧，发生了那么大的火灾，竟然将我一个人扔在那儿，自己先跑掉了！我差点被烟呛死。我恨你。要不怎么说一到危急关头，就显出本性来了呢？这次，我可是明明白白地看清楚了你的本性了。”

“对不起，请你原谅我吧。其实，我已经被严重烧伤了，根本没有什么神灵关照我，我已经倒霉透了。我绝不是不管你，将你忘到了九霄云外，是因为我背上烫得不行，根本顾不上去救你了。你能理解吗？我绝不是那种靠不住的男人。烧伤可不是闹着玩的。还有呢，什么仙金膏啦，疝气膏[53]啦，一点也不管用。真是糟糕透了，对于黑皮肤没有任何疗效。”

“黑皮肤？什么黑皮肤？”

“啊，不，没什么。我是说那膏药黑乎乎的。要说那药还真够厉害的。有一个长得跟你很像的、小个子的古怪药贩子，说是不收我的药钱，我呢，心想凡事不试一下是不知道的，就让他给我抹上了。啊呀，那膏药可不是一般的药啊，我说你最好也小心点，绝对不能掉以轻心啊。一涂上那药，就钻心地疼，感觉跟头顶上刮起了龙卷风似的。结果我就昏倒在地，人事不省了。”

“哼！”兔子十分轻蔑地说道：“你这不是自作自受吗？你自己要做小气鬼，所以才遭了报应了嘛。什么因为不收药钱就试试了，这种不要脸的事情亏你说得出口，简直是恬不知耻。”

“你的嘴也太损点了吧。”

山狸低声嘟哝道。然而，他似乎也并没有感到不快，一副因待在心爱的人儿身边而沉浸在暖洋洋的幸福之中的模样。他一屁股坐了下来，瞪起一双死鱼般浑浊的眼睛四处打量着，一边抓起小虫子往嘴里塞一边说道："不过，这话还得说回来。我到底还是十分走运的。说不定真有神灵关照着我呢。你呢，好好的，什么事儿也没有；我呢，也好好的，烧伤也都痊愈了。如今还能这样与你这么说着闲话。啊，真是太好了，简直跟做梦一般啊。"

兔子早就想让山狸快点滚蛋了，到了这一刻，已经厌烦得要死了。为了让山狸早点离开自己这儿，她心里又冒出了一条毒计。

"我说，这河口湖里有许多好吃的鲫鱼，你知道吗？"

"不知道啊。真的吗？"山狸的双眼立刻就放光了，"我还是在三岁的时候吃过一条鲫鱼呢，那是我妈给抓来的。哎呀，那可真是好吃啊。我虽说也不是那种笨手笨脚的人，可鲫鱼那种水里的玩意儿是抓不住的，只知道那玩意儿非常好吃。可从那以后，三十多年来，啊，不，哈哈哈，我怎么又说起了我哥的口头禅了。我哥他是非常喜欢吃鲫鱼的。"

"是吗？"兔子心不在焉地搭讪道，"我是不想吃什么鲫鱼的，不过既然你那么喜欢吃，那就陪你一起去抓好了。"

"是吗？"山狸乐颠颠的，不由得喜形于色，"可是，那鲫鱼游起来可快了。我有一次为了抓它还差点成了土左卫门[54]呢。"

他一不小心说出了自己过去的丑态。“你有什么好办法吗？”

“用渔网捞的话，就能手到擒来了。最近，在鸬鹚岛岸边聚集着许多又大又肥的鲫鱼呢。怎么样？我们这就去吧。哦，对了，你会划船吗？”

“这个么，”山狸轻声叹了口气，“倒也不是不会划。只要我想划，也是不在话下的。”

山狸不无苦涩地吹了个牛。

“会划的？”兔子明知山狸在吹牛，却故意装出一副信以为真的模样。“这就好了。我呢，是有一艘小船的，可它太小了，载不了我们两个的。再说，那是用薄片木板粗制滥造的，要是漏了水可就危险了。老实说，万一出了什么事儿我倒是无所谓的，可要是连累了你，我可就担当不起了。这样吧，我们一起来给你另造一艘船吧。木板船是很危险的，我们用泥土来造一艘结结实实的小船吧。”

“你为我想得太周到了。真是难为你了。我太感动了，感动得要哭了。我怎么变得这么爱哭了呢？”说着，他就假哭了起来。“这结结实实的小船，索性就由你一个人来造吧。好吧，拜托了。”他得寸进尺地提出了一个厚颜无耻的要求。“我会对你感恩戴德的。在你造船的当儿，我来准备便当。我会成为一名出色的炊事员的。”

“说的也是。”

兔子点了点头，对山狸的胡言乱语也装出了一副信以为真的模样。于是，山狸便禁不住在心里窃笑：想不到世上还真有这么好骗的人啊。可他不知道的是，就在这一瞬间，自己那悲惨的命运已经被注定了。这只愚蠢的山狸并不明白，对于自己的胡言乱语全都信以为真的人，其内心往往是藏着不可告人的毒计的。可他懵懂无知，只觉得这事儿有戏，脸上还带着不怀好意的怪笑。

说话间，他们两个一起来到了湖畔。白茫茫的河口湖湖面上风平浪静，波澜不惊。

到了那儿之后，兔子马上就开始和泥巴、抟土，也就是在开始制造坚固、结实的小船了。山狸呢，嘴里面"不好意思了""不好意思了"地嘟囔着蹦过来跳过去，一门心思只想着抓些什么来做自己的便当。待到晚风轻轻吹起，湖面上荡起阵阵细浪的时候，那艘黏土制成的小船便闪耀着钢铁般光芒下水了。

"哦，不错，不错。"山狸欢蹦乱跳地跑过来，首先将那个

大得跟石油罐似的便当盒放进了船里。“想不到你还是个心灵手巧的姑娘啊。一转眼的工夫就造出了一条这么漂亮的小船来。真是神乎其技啊。”

他嘴里拍着赤裸裸的令人肉麻的马屁，心里寻思着：我要是有了这么一个又手巧又能干的老婆，说不定以后就能过上靠老婆、游手好闲的好日子了。除了原有的色欲之外，异想天开的贪欲也开始冒头了。心想不管发生什么事儿，以后也要一辈子死缠着这个女人了。暗自拿定了主意之后，他就跨进了这艘黏土制成的小船里。

“如此看来，划船，你一定也是行家里手了。说到划船，我呢，倒也不是不会。怎么可能不会呢？可是，今天我就不卖弄了，要好好领教一下老婆的手段了。”

他越发地口无遮拦，厚颜无耻起来了。

“从前，人们称我是划船的好手，划船的健将，不过，今天我就躺着见识见识你的划船本领吧。没关系。将我的船头拴在你的船尾上就行了。让两条船亲亲热热地粘在一起，同生共死，患难与共。”

嘴里面装模作样、不三不四地说着，山狸全身放松地躺在了黏土船的船底。

兔子听说要两条小船拴在一起，不由得吃了一惊，心想这蠢货是不是有所察觉了，可偷眼一瞧，却发现啥事儿都没有，那家伙色迷迷地淫笑着已经进入梦乡了。

“抓到了鲫鱼就叫醒我哦。嗯，那玩意儿太好吃了。我已经三十七岁了呀。”

山狸嘟嘟囔囔地说着梦话。

兔子“哼”地哂笑一声，便将山狸的那条黏土船跟自己的木板船拴在了一起，然后用木浆“啪”地拍打了一下水面，两条小船便“哧溜溜”地离开了岸边。

此刻，鸬鹚岛的松林正沐浴在灿烂的夕阳之下，红彤彤的，仿佛着了火一般。

在此，请允许我稍稍卖弄一下我的“博闻”：据说描绘该岛上松林的风景画，在经过图案化之后，印刷到了“敷岛”[55]牌香烟的烟壳上。由于我是从一位十分靠谱的人士那儿听来的，读者诸君信以为真后想来也不吃亏的。由于“敷岛”香烟现在已经没有了，因此年轻的读者对于这一话题自然是不感兴趣的。不好意思，我净卖弄一些无聊的知识。事实上，喜欢卖弄学识的人往往都像这样以扫兴乏味的方式而收场的。或许三十多岁以上的读者看到后还会有所反应——“哦，就是那片松树林啊”——顶多也就是与当年狎妓之轻狂行径一起，模模糊糊地回想起一点点，然后呈现出满脸的茫然若失吧。

兔子呆呆地望着鸬鹚岛的夕景出了神，她喃喃自语道：

“啊，多美呀。”

这事儿说来也真是不可思议。人们一般认为无论是怎样的穷凶极恶之人，在即将犯下暴虐罪行的前一刻，应该是没有心思欣赏山水美景的。可是，这个十六岁的美丽少女，却眯缝起眼睛在观赏鸬鹚岛的夕景。真所谓天真无邪与恶毒残暴仅隔着一层薄纸。因此，将无知而又任性之少女的那种令人作呕的故作姿态赞美为“青春之纯真”，并对其垂涎三尺的男人们，最好还是小心一点。他们所谓的“青春之纯真”，往往就是与这个兔子之实例相同的，能让凶狠的杀意与对美景的陶醉无动于衷地同处于自己心中的，无可名状的情感混合体。这种如同啤酒泡沫一般的东西是极度危险的。而这种以表层感觉来掩盖伦理内涵的状态，就只能称之为弱智或恶魔了。

在前一阵子风靡世界的美国电影中，就有许多这种所谓的“纯真”男女。他们无法排遣那种表层感觉，相互刺激，相互逗乐，如同上了发条一样地满大街乱撞。在此，我并不想牵强附会，生拉硬拽，我确实觉得所谓“青春之纯真”的鼻祖大概就是出自美国。

凭表层感觉行事其实就跟滑雪一样，令人异常畅快，而在其另一面，是能够不动声色地实施犯罪行为的。所以说，如果不是弱智，那就是恶魔了。啊，不，或许应该说，弱智原本就是恶魔吧。

原来是弱智啊，那还有什么好说的呢？——到此为止，我们也就突然对这个娇小玲珑，弱不禁风，堪比月亮女神阿尔忒弥斯的十六岁的兔子少女感到兴味索然了。

“啊呀！不好！”

兔子的脚下突然传出了一声怪叫声。原来是我们那位亲爱但并不纯真的三十七岁的男性——山狸君发出的悲鸣。“水！水！这可怎么好？”

“吵什么吵！泥土船嘛，迟早要沉的！你难道不知道吗？”

“不知道啊。我想不通啊。这不合情理呀。怎么会这样呢？简直是毫无道理啊。难道说，你是要将我，啊，不，不会的。你怎么会是个如此心狠手辣的恶魔呢？真搞不懂。你不是我的老婆吗？哎呀，船要沉了。不管怎么说，这船要沉了可是眼前实实在在的事情啊。这也太过分了吧。这简直就是暴力行为啊。啊呀，要沉了。喂，你怎么能这样呢？连便当都泡汤了，不是吗？这个便当盒里还装着撒了黄鼠狼粪便的蚯蚓通心粉呢。这不是太可惜了吗？啊，呸，呛水了。喂，求你了。别再搞这种恶作剧了吧。喂，喂，你怎么把绳子给割断了呢？不是说‘夫妻俩要死也死一块儿，船头绳似缘分，割也割不断’[56]的吗？啊呀呀，割断了，割断了。救命！我不会游泳啊。我坦白，我坦白。以前我也会一点的，可你要知道，山狸到三十七岁，全身的肌肉都僵硬了，已经游不了了。我坦白。我确实已经三十七岁了。我跟你确实年龄相差大了点儿。你可要敬重老人！不能忘了尊老之心！啊，呸！又呛水了。啊，你是个好姑娘，是好姑娘。快把你的船桨伸过来，伸过来，让我抓住船桨，啊，你干吗？哎呀，好痛！你怎么能用船桨拍我的脑袋呢？哦，我明白了。原来是这样啊。原来你想杀了我呀。我明白了。"

死到临头，山狸终于识破了兔子的诡计，然而为时已晚矣。

"砰！""砰！"——冰冷的船桨无情地敲打在山狸的脑袋上。山狸在被夕阳映照得闪闪发光的湖面上载浮载沉的。

"啊！好痛！好痛！你也太狠毒了吧。我对你做了什么坏事了吗？我只是迷上了你而已啊。爱上你难道有错吗？"

说完了这一句，山狸就"咕咚"沉了下去，再也浮不起来了。

兔子擦了擦脸，说道：

"嗨，看把我累得这一头汗！"

故事讲到这里也就结束了。

然而，这到底是个什么故事呢？是告诫我们不能好色吗？是好心地奉劝我们不要轻易地靠近十六岁美少女的滑稽故事吗？或

者，是告诉我们即使对人家心醉神迷也要有礼有节，不能死缠烂打，否则便有性命之虞的这样一本有关行为准则的教科书吗？

或者它仅仅是一则笑话，暗示人们在日常生活中，往往是任凭自己的好恶而不是善恶之道德观念来互相责骂，互相责罚，互相赞赏，互相服从的。

慢来，慢来。我们还是不要急着下这种评论家式的结论。我们将关注的重点放在山狸临死之际所说的那句话上不就行了吗？

即所谓：爱上你难道有错吗？

事实上，将自古以来全世界文艺作品的悲剧性主题都归结到这一句话上也是不为过的。所有的女性心中，都有一只毫无慈悲之心的兔子；而男性的心中，总有一只善良的山狸载沉载浮，濒临溺死。

即便就作者这三十多年来的坎坎坷坷的人生经历来看，这一点也是明白无误的。恐怕就读者诸君而言，也并不例外吧。后略[57]。

拔舌雀

《御伽草纸》这本书，我是想将其打造成一件“玩具”的，好让那些为了让日本度过国难而奋斗着的人们于百忙之中能得到片刻的慰藉。因此，尽管近来我身体欠佳，低烧不断，还是在应命于公差以及处理自家遭灾后的善后事宜之余，利用鸡零狗碎的零星闲暇，积少成多，一点点地坚持写了下来。原先的打算是，按照《摘肉瘤》《浦岛太郎》《噼啪噼啪山》，然后是《桃太郎》和《拔舌雀》这样的次序写完，《御伽草纸》这本书也就结束了。然而，桃太郎的故事已经被极度提纯，已经成了日本男儿的象征，比起一个故事来，其旨趣更接近于诗或歌了。

当然了，一开始，我是想下功夫将这个桃太郎的传说也改造成我笔下的故事的。也就是说，我会给魔鬼岛上的那些妖魔怪鬼赋予令人痛恨的秉性，将其描写为不能不加以讨伐的丑陋无比的孽障。由此而让桃太郎的征讨在读者的心中引起强烈的共鸣，并欲将其战斗场面写得惊心动魄、险象环生，好让读者为其捏一把汗。（注意：作者在尚未真正动笔，仅仅在介绍其写作计划时，往往是会如此天真地大吹其牛的。而一旦真的动笔写了，常常又是难以如愿。）

总之，先听我说。反正也就是一股气罢了。对，别管那么多，不要泼冷水，先听我说吧。

在希腊神话中，最最丑恶邪佞的妖怪，恐怕还得数头上有着成千上万条毒蛇的美杜莎[58]了吧。好家伙，那妖精总是眉头紧皱，透着深深的狐疑；一双灰色的小眼睛老是燃烧着无情的杀意；苍白的脸颊因恫吓他人的愤怒而颤抖着；黑色的薄嘴唇被厌恶和轻蔑之情牵歪了。更为令人毛骨悚然的是，她的头发一根根的竟然都是红肚子的毒蛇。一旦遇见敌人，她头上的无数条毒蛇就会立刻昂起头来，朝对方发出令人作呕的“嘶——嘶——”声。而别人只要看她一眼，就会莫名其妙地觉得难受，然后心脏冻结，整个身体变成冰冷的石头。她给人的感觉，与其说是恐怖，倒不如说是厌恶。她所加害的不是人的肉体，而是人的心灵。这样的妖魔是最最可恨的，必须尽快将其消灭。

与此相比，日本的妖怪就要单纯得多，并且也不乏可爱之处。如古寺里的秃头妖怪以及只有一条腿的伞精等，大多只是天真无邪地跳舞给酒鬼豪杰看的，于夜半三更之际，慰藉一下他们空虚的心灵而已。至于小人书里画的鬼岛上的那些鬼，一个个的都只是些傻大个罢了，被猴子挠了一下鼻子什么的，就“哈——”一声翻倒在地，举手投降了。一点也不吓人。甚至让人觉得那都是些善良之辈。这就难免让煞有介事的捉鬼故事大为泄气，令人沮丧不已。因此，要讲降妖捉鬼的故事，怎么着也要让比蛇发女妖美杜莎更为凶恶、更令人厌恶的妖怪出场。如若不然，怎么能让读者在手心里为其捏一把汗呢？

再说，《桃太郎》故事中的那个征服者桃太郎也太过强悍了，几乎要让读者反过来同情鬼岛上的那些妖魔鬼怪了，这样的故事又怎么能产生惊心动魄的高潮呢？即便是像齐格弗里德[59]这样拥有刀枪不入之躯的大英雄，不是也还有肩膀上一个命门的吗？就连弁庆[60]这样的硬汉，不是也有一碰就疼得要哭的软肋的吗？总而言之，十全十美的绝对强者是不适合写进故事的。更何况我对于弱者的心理多少还有些了解——或许是因为我本身就是个弱者的缘故吧，可对于强者的心理就不甚了了了。尤其是那种只赢不输的绝对强者，更是迄今为止从未见到过，就连听都没听说过。

我是个想象力极度贫乏的故事作家，倘若不是自己多少有所经历的事情，我是连一行，甚至连一个字都写不出来的。因此，就算我要写桃太郎的故事，也不会将他写成一个只赢不输的绝对强者的。我的桃太郎，恐怕是个从小就喜欢哭鼻子的家伙，身体羸弱，还十分害羞，基本上就是个窝囊废。然而，当他遇上了残害人们的心灵，将人们打入无尽的绝望、恐惧与怨恨之地狱的无比狠毒的丑恶魔鬼后，尽管自己身单力薄，却也不愿听之任之。于是他便愤然而起，腰间揣上黍米团子，毅然决然地奔赴妖魔鬼怪的老巢。还有那狗、猴子、野鸡这三个仆从，也绝不是什么堪称模范的好帮手，它们个个都有些令人头痛的小毛病，相互之间偶尔也会吵架，基本上我会将他们写成《西游记》中孙悟空、猪八戒和沙和尚那样的角色吧。

可是，在我写完了《噼啪噼啪山》，正要动手写“我的《桃太郎》故事”时，一阵慵懒的倦意突然向我袭来：桃太郎的故事，就让它仍以那种单纯的形式流传下去吧。因为这已经不是故事了。是自古以来所有日本人传诵至今的日本式的诗。不论其情节有多么的自相矛盾也没什么关系。而事到如今，来随意鼓捣诗给人的这种明快旷达的感受，倒是非常对不住日本的。如果说桃太郎是个手持“日本第一”之旗子的好汉，那么，我这个别说日本第一了，连第二、第三都不沾边的作者，又怎么能将其写好呢？当我的脑海里浮现出桃太郎那面“日本第一”的旗帜时，我就干净利落、毫不留恋地放弃了“我的《桃太郎》故事”这么个写作计划了。

于是我立刻调整，决定紧接在《噼啪噼啪山》之后就写《拔舌雀》这个故事，并以此来结束《御伽草纸》这本书。由于无论是这个《拔舌雀》还是之前的《摘肉瘤》《浦岛太郎》和《噼啪

噼啪山》，都没有“日本第一”的角色，所以我觉得自己所承担的责任比较轻，能够天马行空地自由发挥。如果涉及“日本第一”，哪怕是片刻之间的事情，哪怕是写的是给小孩子看的故事，只要涉及这个“伟大国家”之第一的角色，自然是不允许随便瞎写的。因为倘若被外国人看到，并轻蔑地说一句“什么呀，这就算是日本第一了吗”之类的话，那就定将要抱恨终身了吧。因此，尽管有些啰嗦，我在此还是要强调一下的：《摘肉瘤》里的两位老人也好，浦岛太郎也好，以及《噼啪噼啪山》里的山狸也好，都绝不是什么“日本第一”。只有桃太郎才真的是“日本第一”哦。而我是不写桃太郎的，所以在这本名为《御伽草纸》的书中，如果出现了“日本第一”，那极有可能是你的双眼被强光刺坏了。明白了吗？出现在我这本《御伽草纸》中的角色，不是什么“日本第一”，甚至也不是“第二”“第三”，或者都可以说，不是什么“代表性的人物”。他们只是一个姓太宰的作家，凭借着自己愚不可及的经历和贫乏的想象而创造出来的极为平庸的人物罢了。倘若仅仅根据这些人物就要来衡量日本人之轻重，那才真叫是刻舟求剑、穿凿附会呢。

我是真心爱日本的，这当然是用不着多费口舌的事情。所以我是有意避开对桃太郎的描写，不厌其烦地强调其他的人物也绝不是“日本第一”。我想，读者诸君恐怕也会对我这种颇为古怪的执拗大加赞赏的吧。

言归正传。却说《拔舌雀》故事里的主人公别说什么“日本第一”了，正相反，或许可以将其称为“日本第一之废柴”了吧。别的暂且不表，首先是他的身体就很差劲。在世人看来，身体羸弱的男人，原本就是连脚力不健的骡马都不如的。他老是有气无力地咳嗽着，面无人色。早晨起床后，用掸子掸一下房间隔扇上的灰，用扫帚将垃圾扫出去，才干了这么一点活，他就已经累得不行了。然后就整天待在书桌旁，一会儿坐，一会儿躺的，鬼知道他在磨蹭什么。吃过晚饭之后，他就立刻自己动手铺好被褥，躺下了事了。

这个男人十多年来，就一直过着这种不死不活的苦日子。虽说他的年纪还不到四十岁，却早就署名为某某翁了，并命令家里人称自己为“老爷子”。嗯，或许可称他为弃世之隐士吧。然而，所谓隐士其实多少还是有点钱的，所以才能与世隔绝，倘若真的一文不名，即便你想“弃”，这“世”还是会追上门来，是无论如何也甩不掉的。

这位“老爷子”也这样，你别看他如今只是搭了个寒酸的草堂住在里面，原本可是个大财主家的老三啊。只不过他辜负了父母对他的期望，没有什么正当的职业，浑浑噩噩地过着晴耕雨读的日子，之后又疾病缠身，近年来，他的父母亲属等已称他为“老病鬼蠢货”，对他完全失去了希望，只把他当作一个累赘，每月给他一点钱维持生活而已。也正因为这样，他才能过上“弃

世之隐士”似的日子。

由此也可见，这位“老爷子”尽管蛰居于寒酸的草堂，却也不得不说他是颇具身份，颇有来历的。而唯有这种颇具身份的人，往往是对他人毫无用处的。他身体羸弱，这自然是事实，可他毕竟也不是卧床不起的病人，并非连一点积极之事都不可为。然而，这个“老爷子”却真的是游手好闲，无所事事。只是像是读了不少书，可也是随读随忘，不会将自己在书上读到的内容告诉他人的。也就是说，他就这么浑浑噩噩地一天天地混日子。仅仅是这样，他在人世间的价值已经近乎为零了，而尤为过分的是，这个老爷子还没有孩子。结婚已经十多年了，却没有留下任何子嗣。这也说明他根本就没有尽到作为一个人的应有义务。

那么，陪伴着这么一个窝囊废丈夫一起过了十多年的他的妻子，又是个怎样的女人呢？——这多少有些令人好奇。有人隔着篱笆墙张望过，但结果却大失所望——“嗨，什么呀？原来是这么个女人。”

确实，这是个不值一提的女人。肤色黝黑，目光凶狠，手又粗又大，尽是皱纹。看她那双手垂在身前弯腰屈背地在院子里匆匆走动的样子，不禁叫人怀疑她的年纪是否比“老爷子”还大。可事实上，据说她今年才三十三岁，正值凶年。这位夫人原本是“老爷子”老家里的侍女，受命伺候体弱多病的“老爷子”多年，可谁知一来二去的就变成“终身伺候”了。自然，她是没有什么文化的。

“喂，快把内衣什么的都脱下来放在这儿。我要洗了。”

她语气强硬，命令一般地说道。

“可脱了之后……”

“老爷子”胳膊拄在书桌上撑着腮帮子低声回答道。

这个“老爷子”说起话来总是轻声细气的，并且把后半句含糊在嘴里不说出来，只发出“嗯——”“啊——”的声响。就连跟他一起生活了十几年的“老婆子”都听不清他到底说了些什么，别人就更别提了。或许他以为，自己反正跟弃世之隐士差不多，自己所说的话别人听得懂也好，听不懂也罢，都没什么关系的。这个“老爷子”既没有像样的职业；读了书也不见他将学到的知识用于著述；结婚十多年也没个孩子；甚至连日常会话也不肯说清楚，只说前面一半，而将后面一半含糊在嘴里。真可谓是偷懒到家了。总而言之，他的这种消极简直是言语所难以形容的。

“快点脱呀。你看看，衬衣领子都脏得油光锃亮的了。”

“可脱了之后……”

他依旧低声嘟囔着只说半句。

“啊？你说什么？要说就说清楚一点，好不好？”

“可脱了之后……”“老爷子”依旧撑着腮帮子，满脸不带一丝笑意地直盯盯地看着“老婆子”，然后总算说了句清楚明白的话：“今天很冷啊。”

“都已经入冬了，当然冷了。不光是今天，明天、后天，也都冷的。”“老婆子”用教训小孩子的口吻说道，“你知道吗？老在家里坐在火炉边的人，和在井边洗衣服的人，到底谁更冷？”

“不知道。”“老爷子”微笑着答道，“因为你已经习惯在井边干活了嘛。”

“开什么玩笑！”“老婆子”板起了脸孔，“我也不是专为洗衣服才来到这世上的吧。”随即，又无动于衷地催促道：“少废话，快点脱吧。替换的内衣都在衣柜里放着呢。”

“可脱了之后，会感冒的。”

“好吧。那就随你的便吧。”

“老婆子”恶狠狠地扔下了这句话后，转身离去了。

这儿是东北地区仙台市的郊外，爱宕山的山脚下，面临着广濑川之激流的竹林之中。自古以来，仙台地区就有许多的麻雀，名为“仙台笹”[61]的纹章，就是将两只麻雀图案化后形成的。还有，在戏剧《先代萩》里也有麻雀出场，那可是比名角儿更为重要的角色——这一点估计是世人皆知的吧。去年我去仙台旅行时，当地的友人还给我介绍了一首流传于仙台地区的古老的童谣：

竹篚眼，竹篚眼，

竹篚里的小麻雀，

何时，何时，飞出来。

然而，这首童谣如今已不限于仙台地区，早已成了全日本小孩子做游戏[62]时所唱的儿歌了。

不过，从说成“竹篚里的小麻雀”，将笼中鸟限定为麻雀，并十分自然地插入了“飞出来”这样的东北方言来看，将其称为仙台地区的民谣，想来也是大致不错的。

这个“老爷子”所居住的草堂周围的竹林里，也住着多得数不清的麻雀，一早一晚，叽叽喳喳地吵闹个不停，几乎要将人的耳朵都震聋了。这一年的秋末，有一天早上，在一阵清脆的雪珠敲打声过后，“老爷子”在院子的泥土地上发现了一只伤了脚，正仰面朝天地挣扎着的小麻雀。他一声不吭地将麻雀捡回屋里，将它安置在火炉旁，并喂食给它吃。后来，麻雀的脚好了以后也常来“老爷子”的房间里玩耍。偶尔它也会首先落到廊檐前的院子里，但更多时候是直接落在檐廊上，啄食“老爷子”给的米粒，滴下粪便。然而，这要是给“老婆子”看到了，就会大叫一声“哎呀，真脏！”，并立刻将其赶走的。于是，“老爷子”便一声不吭地站起身来，用纸将麻雀滴在廊檐上的粪便仔细地擦干净。

要说这麻雀也是有点灵性的，天长日久的，她似乎也分得清在谁跟前是可以撒娇的，而在谁的跟前是待都不能待的。所以当“老婆子”一个人在家时，她就躲到院子里或屋檐上去避难，而只要“老爷子”一出现，就会马上飞过来，停在“老爷子”的头上，或扑到“老爷子”的书桌上欢蹦乱跳。有时她会喝“老爷子”砚台里的水，并发出轻微的“咕嘟”声，有时会藏身于笔架之后，想方设法地干扰“老爷子”读书。但“老爷子”总是一副视而不见、毫不在意的样子。他不像世上有些爱鸟的人那样给自己喜欢的小鸟取什么令人肉麻的名字，然后说什么“瑠米，你也很寂寞，是不是呀”，而是摆出一副小麻雀不论在哪儿，也不管她在做什么都不放在心上的模样。只是时不时地会默不作声地到厨房里去抓一把米来，“唰啦啦”地撒在廊檐上。

有一天，小麻雀在“老婆子”离开后，“扑啦啦”地从屋檐上飞下来，落在了“老爷子”拄着腮帮子的书桌边上。“老爷子”的神色纹丝未动，只是默默地看着小麻雀。

殊不知，小麻雀的悲剧就从这一刻开始了。

过了一会儿，“老爷子”说了声“嗯，原来是这样啊”，然后深深地叹了口气，在书桌上打开了一本书。他翻了两三页之后就停了下来，又拄着腮帮子直愣愣地望着前方，嘟囔道：

“说什么不是专为洗衣服才来到这世上的，可见她依然是有些欲念的。”

随即又微微地苦笑了一下。

这时，桌上的小麻雀突然说起人话来了。

“那么你呢？”

“老爷子”闻听之后倒也并不怎么惊讶，依旧不动声色地答道：

“我吗？嗯，我呢，是为了说真话而来到这世上的。”

“可是，你不是什么话都不说吗？”

“这世上的人，尽是满口胡说八道的，我不想跟他们说话。他们净说些口不应心的话，而更可怕的是，他们自己没觉得自己在胡说八道。”

“这不是懒汉的托词吗？真是但凡有点学问的，就要这样子装模作样，故作清高啊。你自己不是什么也没做吗？怎么老说别人呢？有句谚语说得好，‘别自己躺着就光叫别人起来干活啊’。你有什么资格说别人呢？”

“你这么说倒也不无道理。”“老爷子”不慌不忙地应答道，“不过呢，世上有我这么一号人也挺不错啊。我看起来好像是什么事都不做，其实满不是这么回事儿啊。有些事是非我不可的。我不知道能不能活到发挥我真正价值的那一天，可要是那一天真的来了，我自然会奋发努力，大有作为的。而在这一天未到之前，我就这么默默地等待，平静地读书。”

“怎么说呢？”小麻雀歪着脑袋说道，“只有没用的‘窝里

横’才会这么死不服输地讨嘴上便宜吧。像你这样的赋闲之人，已经老态龙钟了，才会将早已逝去的往昔之美梦当作未来的希望，并以此来自我安慰。说来也是挺可怜的。这已经不是什么虚张声势，仅仅是变态的牢骚罢了。难道不是吗？你不是从未做过一件像样的好事吗？”

“你要这么说，或许也不算错。”“老爷子”非但不生气，反倒越发地沉稳了。“可事实上，我也在做着一件非常了不起的事哦。你要问这是件什么事，我告诉你，这件事叫做‘无欲’。这事儿说起来容易，做起来可难了。我家的老婆子，已经跟着我过了十多年了，我原以为她也早就抛弃了世俗欲望了呢，谁知满不是那么回事儿。心里面，还藏着欲念呢。我觉得她很可笑，所以才一个人笑起来的。”

恰在此时，“老婆子”突然探出了头了。

“我可没什么欲念哦。哎？你在跟谁说话呢？刚才有年轻姑娘的说话声啊。那位客人，在哪儿呢？”

“客人么……”

“老爷子”又开始含糊其词了。

“不对。你刚才在跟谁说话来着。并且还在说我的坏话呢。好啊，你跟我说话的时候，总是口齿不清，叫人听都听不见，跟小姑娘说起话来就跟换了个人似的，声音真叫个清脆响亮，说得可真带劲儿啊。你才心里有欲念呢。还不是一点点，是利欲熏心，想人非非了。”

“是吗？”“老爷子”含含糊糊地答道，“可是，你看，这不是一个人都没有吗？”

“你别哄我。”“老婆子”似乎真的生气了，她一屁股在廊檐上坐了下来。“你以为我是什么人呀？老实说，我已经忍了你很久了，一直忍到现在了。你一直都不拿我当回事儿的。当然了，我出身不好，又没有文化，不能跟你谈古论今的，可是，即便这样，你待我也太过分了。想当年，我年纪轻轻的到你家来帮佣，奉命来伺候你，结果就这么着跟你一块儿过日子了。当时老爷太太说了，说我为人非常可靠，所以让我跟了少爷你——”

“胡说八道。”

“你说什么？我哪点瞎说了？你说，我哪点瞎说了？难道不是这样的吗？想当初，最了解你心思的人，不就是我吗？除了我谁都伺候不了你嘛。所以结果成了我要伺候你一辈子了。难道不是这样的吗？你说我哪里瞎说了？你倒是说给我听听呀。”

“老婆子”脸色大变，紧盯着“老爷子”一点也不肯放松。

“全部都是瞎说嘛。当时，你是没有欲念的。仅此而已。”

“你这话到底是什么意思。我不明白。你别拿我开涮。我是为了你好，才跟你过日子的。欲念也好什么也好，自然是没有的。你怎么说出这种低级下流的话来了？你知道我跟你这种人一起过日子，起早贪黑，有多么孤单寂寞吗？你根本就不知道。偶尔地，你也该说上一两句暖人心的话，是不是？你看看别人家夫妻，不管多么穷，日子过得多么寒碜，吃晚饭的时候也总是有说有笑的不是？我可不是那种贪得无厌的女人。只要是为你好，我什么都能忍受。只要你偶尔也对我说上一两句温柔体贴的话，我也就心满意足了。”

“你看你，越说越无聊，越说越虚伪了。我还以为你早已死了这条心了呢，谁知你还想用这些老套的抱怨来扳回局面。不行啊。你所说的，全都是自欺欺人。全都是心血来潮，意气用事。老实说，让我变得如此沉默寡言的人，不是别人，就是你！吃饭时有说有笑？说笑些什么？不就是东家长西家短吗？不就是在背后说别人的坏话吗？就是随心所欲，只顾自己嘴皮子畅快地说些流言蜚语罢了。到今天为止，我还没听你赞扬过别人呢。我的内心也不是十分坚强的，倘若老这么受你的影响，也会变得好鄙薄他人。我怕自己变成那样，所以才决定跟谁都不多说话。因为你们只看到别人身上的缺点，却一点察觉不到自己身上的可恶之处。所以，我怕跟人打交道。”

“好吧，我明白了。你已经看穿我了，已经腻味我这样的老太婆了，是不是？我明白得很。刚才那位客人呢？藏在哪儿了？刚才确实有年轻女人的说话声音，我听得真真的。你既然有了那么年轻的女人，自然不想跟我这样的老太婆说话了。你说什么来着？‘无欲’？哼！别故弄玄虚地玩什么大彻大悟，见到了年轻女人，不照样兴高采烈的，嘀嘀咕咕地说起来没完，连声调都变了吗？”

“你要这么想，那也只好随你的便。”

“好什么好？一点也不好。那位客人在哪儿？我不跟她打个招呼，不是失礼了吗？你别瞧我这样，好歹我也是这个家里的女主人呀，让我跟她打个招呼吧。你可不能欺人太甚哦。”

“就是她。”

“老爷子”用下巴指着正在书桌上玩耍的小麻雀说道。

“啊？你开什么玩笑？麻雀还会说话吗？”

“会啊，不但会说，还说得十分风趣呢。”

“你到底要耍我耍到什么程度？好啊，你瞧好吧。”说着，“老婆子”飞快地伸出胳膊，一把将桌上的小麻雀抓到了手里。“我拔了它的小舌头，看它还能说那些风趣的话不能。平日里你就非常疼爱这只小麻雀，对不对？我可是对它讨厌透了呢，正不知道该怎么收拾它呢。好啊，来得正好，既然你已经放跑了那位年轻的女客人，那就让这只小麻雀来代人受过吧。真是大快人心啊。”

说完，“老婆子”就撬开了掌中那只小麻雀的嘴，“啾”的一声拔掉小得跟油菜花花瓣似的雀舌。

小麻雀“扑啦啦”地飞上了高空。

“老爷子”默默地眺望着小麻雀远去的方向。

于是，第二天，“老爷子”就开始了竹林里的大寻访。

没了舌头的小麻雀，
你的小窝在哪里？
没了舌头的小麻雀，
你的小窝在哪里？

每天每日，大雪弥漫。可尽管这样，“老爷子”还是深入竹林，四处寻找着，简直跟着了魔一样。竹林中的麻雀成千上万，要在其中找出一只被拔掉了舌头的小麻雀，无异于大海捞针。可是，“老爷子”怀着异乎寻常的热情，每天每日，都走进竹林寻找着。

没了舌头的小麻雀，
你的小窝在哪里？
没了舌头的小麻雀，
你的小窝在哪里？

就这位“老爷子”来说，怀着无比旺盛的热情，不顾一切地去做一件事，这种情形在他的一生之中，还一次都没看到过呢。仿佛是沉睡于“老爷子”心中的某种东西，在此刻突然苏醒、萌

动了。然而，这到底是什么东西呢？就连笔者（太宰）我也不知道。一个待在自己家里也像是个过客一样闷闷不乐的人，突然发现最能令自己兴奋的心念，于是就不顾一切地予以追求。爱恋——嗯，要是这么说的话，也就一下子全就说尽了。可是，比起这种能明确地说成“爱恋”的心理状态来，这位“老爷子”的心情或许要孤寂得多了。“老爷子”不顾一切地寻找着。有生以来，他还是头一回表现出如此执着、如此顽强的主动性。

没了舌头的小麻雀，
你的小窝在哪里？
没了舌头的小麻雀，
你的小窝在哪里？

当然了，“老爷子”也并不是哼着这样的儿歌四处寻找的。然而，风在他的耳畔这般地喃喃细语，于是他在竹林里一步步地踏雪前行的同时，他的胸中自然而然地冒出了古怪的词句，也分不清是歌词还是经文。而这样的念叨，与耳畔的风之细语非常合拍。

一天夜里，仙台地区下了一场历年罕见的大雪。第二天，晴空万里，呈现出了一个耀眼的银色世界。这天早上，“老爷子”穿上了雪鞋，与往常一样，又进入竹林四处寻访了。

没了舌头的小麻雀，
你的小窝在哪里？
没了舌头的小麻雀，
你的小窝在哪里？

突然，竹子上方的一大块积雪，不偏不倚地落到了“老爷子”的头顶上，或许被砸到的地方很不巧吧，“老爷子”一下子就晕倒在了雪地上。半梦半醒之间，他仿佛听到了各种各样的声音。

“哎呀，好可怜呀。他已经死掉了吗？”

“说什么呢，还没断气呢，只不过晕过去而已啊。”

“可是，老这么躺在雪地里，冻也会冻死的呀。”

“说的是啊。我们一定要为他做些什么才好啊。真伤脑筋啊。要是没发生这事儿之前，那孩子就出来就好了。那孩子，到底是怎么了嘛。”

“你是说阿照吗？”

“是啊。她也不知被什么人恶作剧弄伤了嘴巴，从那以后，她就一直不肯露面了。”

“她卧床不起了。被人拔掉了舌头，说不了话，正一个劲儿地掉泪呢。”

“是吗？原来是被人拔掉了舌头呀。这人也真是狠毒啊。”

“就是啊。唉，那人就是这个老爷子的老婆啊。要说起来，她也不是什么坏人，那天不知怎的就发了邪，突然把阿照的舌头给拔掉了。”

“哎呀，你亲眼看到的吗？”

“是啊。唉，真可怕呀。要说这人真是搞不懂，会冷不丁地做出如此残忍的事情来。”

“是吃醋了吧。他们家的事情，我也很清楚的，都怪这个老爷子平时太不把老婆当人了。虽说太过娇惯自己老婆的也叫人看不下去，可太过冷淡也不好呀。再说阿照也真是的，跟这位老爷子太过亲热了嘛。总之，各有各的不是。我们就别多管闲事了。”

“哎呀，你还说别人呢，醋劲大发的不就是你吗？你很喜欢阿照的，是不是？别不承认。有一次你叹着气说，阿照的嗓子是这片大竹林里最动听的，是不是？”

“吃醋什么的，那种没品位的事情我是不做的。不过阿照的嗓子确实好，至少要比你好得多。再说，模样也美呀。”

“你太过分了！”

“好了，好了，你们两个就别吵了。烦不烦呀。还是想想这个老爷子该怎么办吧。就这么扔下他不管的话，真的会死掉的。多可怜呀。他为了见阿照一面，每天都到竹林里来转悠，最后却落得这么个下场，也太惨了吧。这人，一定是非常有诚意的。”

“什么呀，不就是个傻瓜嘛。一大把年纪了，还追着一只小麻雀四处乱跑，不是傻瓜又是什么呢。”

“话可不能这么说啊。这样吧，我们就让他们见上一面吧。我想，阿照肯定也是想跟他见面的。可是，阿照已经被拔掉了舌头了，即便告诉她这个老爷子在四处寻找她，她也只会躺在竹林深处不断地掉眼泪了。所以说，这个老爷子自然是可怜的，可阿照也很可怜啊。我们一起来帮帮他们吧。”

“我可不高兴。对于男女私情之类的事情，我从来是不寄予同情的。”

“这哪是什么男女私情呢？你不懂。我们来让他们见上一面吧。这种事情，原本就是没什么道理好讲的嘛。”

“就是嘛，就是嘛。好了，这事儿就交给我好了。小事儿一桩。只要去求神仙显灵就行了。我爷爷告诉过我的，不讲什么道理只想帮助他人时，求神仙显灵最管用了。这种时候，不管是什么事儿，神仙都会让你如愿以偿的。好了，你们在这儿稍等片刻。我去求土地老爷，马上就回来的。”

“老爷子”睁开眼睛的时候，发现自己躺在一个用竹子搭建而成的颇为整洁的房间里。他起身环视四周，见隔扇被轻轻地拉开，从里面走出一个二尺来高的人偶来。

“哎呀，您醒啦？”

“啊，”“老爷子”大大方方地笑着问道，“这是什么地方？”

“是麻雀客栈。”那个跟人偶似的女孩子在“老爷子”的跟前端端正正地坐好后，眨了眨滚圆的眼睛，回答道。

“哦，是吗？”“老爷子”平静地点了点头，“那么，你就是那只被拔掉了舌头的小麻雀吗？”

“不是的。阿照她正在里间躺着呢。我是小铃，是阿照最要好的朋友。”

“哦，是吗？如此说来，那只被拔掉了舌头的小麻雀，名叫阿照了？”

“是的。她是个非常善良的女孩子。您快去看看她吧。她不会说话了，每天都是以泪洗面的，好可怜啊。”

“我这就去看她。”“老爷子”站起身来，“她躺在哪儿呢？”

“我来给您带路。”

小铃说着，轻快地摆了摆长袖，走到了廊檐上。

为了不至于滑倒，“老爷子”十分小心地在用青竹竿铺成的狭窄走廊上移动着脚步。

“就是这儿，请进吧。”

在小铃的带领下，“老爷子”来到了靠里边的一间房间。这是一个十分敞亮的房间，屋前有个院子，院子里长满了矮竹，一道清澈的浅溪，在竹丛中飞快地流淌。

阿照平躺着，身上盖着一条红缎面的小被子。这是个比小铃更高雅、更秀气的人偶，就是脸色刷白刷白的。她睁着一双大眼睛，怔怔地望着“老爷子”，大颗大颗的泪珠子“扑簌簌”地滚落下来。

“老爷子”盘腿在她的枕头旁坐了下来。他什么话也没有说，默默地眺望着院子里那道清澈的小溪。小铃则悄悄地离开了。

无声胜有声，有时候语言也是多余的。“老爷子”微微地叹了口气。不过，他可并不是出于郁闷才叹气的。他觉得自己感受

到了有生以来从未有过的安宁。正是这种安宁所带来的欣喜，化作了微微的叹息。

这时，小铃静静地端来了酒肴，说了声：

“请慢用。”

她就退出去了。

“老爷子”自己斟满了一杯酒，喝了，然后又眺望起院中那条清澈的小溪来。“老爷子”原本就不喜欢喝酒，所以只喝了一杯，就已经陶然微醺了。他拿起筷子，夹了一块竹笋放进嘴里。味道十分鲜美。然而，“老爷子”平时吃得很少，所以只吃了这么一块，就放下了筷子。

隔扇被拉开了，小铃又端来了第二壶酒和别的菜肴，然后在“老爷子”的面前坐了下来。

“再喝一杯？”

她在劝酒。

“啊，不。我已经喝够了。这真是好酒啊。”

“老爷子”所说的并不是客气话，是自然而然，不假思索的心意流露。

“合您的口味吗？这是竹叶上的露水。”

“太好喝了。”

“哎？”

“太好喝了。”

躺在一旁听着“老爷子”与小铃说话的阿照，此刻脸上露出了微笑。

“您看，阿照在笑呢。你想说些什么吗？”

阿照摇了摇头。

“说不了话，也没什么。是吧？”

到了这里之后，“老爷子”还是第一次对阿照说话。

阿照眨巴了几下眼睛，很开心地点了两三下头。

“好吧。我这就告辞了。以后还会来的。”

小铃十分惊讶，因为她觉得“老爷子”的这次来访也太过平淡了。

“怎么了？您这就要回去了吗？您在竹林里转悠了那么久，还差点冻死，好不容易今天见着了，却连温柔体贴的话也不说一句……”

“温柔体贴的话，我是说不来的。”

“老爷子”苦笑着，站起了身来。

“阿照，就这样让他回去吗？”

小铃征求起阿照的意见来。

阿照笑着点了点头。

“你们两个真是一对活宝啊。”小铃也忍不住笑了出来，“好吧，那就请您下次再来吧。”

“会来的。”

“老爷子”诚恳地答道。可在正要走出房间的时候，他又停下了脚步，问道：

“这儿，是什么地方？”

“竹林之中啊。”

“哎？竹林之中竟然有这么一幢奇妙的房子？”

“有啊。”小铃说着，与阿照相视一笑。“不过呢，一般人是看不见的。只要像今天这样，趴在竹林入口处的雪地里，我们随时会将您领到这儿来的。”

“啊，那真是太好了。”

“老爷子”不假思索地说了句大实话，就来到了青竹竿铺就的廊檐上。

于是他又在小铃的带领下，回到了刚才那间整洁的客厅。可这会儿，客厅里却摆上了大大小小的各种竹箱。

“您好不容易来一趟，我们也没有好好地招待您，真是不好意思。”小铃一本正经地说道，“这些竹箱里装的，都是我们麻雀之乡的土产，虽说会成为您的负担，可还是请您挑一件自己中意的带走吧。”

“我才不要呢，这些东西。”

“老爷子”不快地嘟哝道，他看都不看那些竹箱一眼。

“我的鞋子呢？”

“这可不行啊。请您挑一件吧。”小铃带着哭腔说道，“不然的话，过会儿阿照要怪我的。”

“才不会呢。那孩子，绝不会怪你的。我知道。我说，我的鞋子呢？我不是穿着一双有点脏的雪地草鞋来的吗？”

“哦，那个已经扔掉了。您就赤着脚回去吧。”

“怎么能这样呢？”

"还是请您挑一件土产回去吧。求您了。"

小铃说着，合上了一双小小的手掌。

"老爷子"苦笑着，看了一眼客厅里的那些竹箱，说道："都那么大，太大了。我不喜欢带着行李走路。有没有小一点的，能放入怀里的呢？"

"您这要求也太苛刻点了——"

"那我就不要了。我回去了，赤着脚回去也无所谓。"

说着，"老爷子"似乎真的就要抬腿走人了。

"等等。请您稍等一会儿。我去问问阿照。"

小铃慌慌张张地跑进了里间，没过多久，她就回来了，嘴里衔着一根稻穗。

"这个给您。这是阿照的发簪。您可别忘了阿照。一定还来啊。"

"老爷子"猛地回过了神来。原来他正在竹林的入口处呢。

什么呀？原来是南柯一梦啊。

可是，右手中确实捏着一株稻穗呢。寒冬腊月的，稻穗还是挺罕见的嘛。并且，还散发着阵阵的清香，跟玫瑰花似的。

"老爷子"小心翼翼地将稻穗带回了家，将其插在了桌上的笔架上。

"啊呀，这是个什么玩意儿？"

“老婆子”正在屋里做针线活儿，但她十分眼尖，一眼就瞥见了那株稻穗。

“稻穗。”

“老爷子”照例用含糊不清的口吻说道。

“稻穗？这个时候还有稻穗？真稀罕啊，从哪儿捡来的？”

“不是捡来的。”

“老爷子”低声说着，打开了书，默读了起来。

“这就奇了怪了嘛。这一阵子，你总去竹林子里转悠，回来时浑浑噩噩，迷迷瞪瞪的，可今天不知道遇上了什么好事，眉开眼笑地带了那玩意儿回来，还装模作样地插在笔架上。你一定有什么事情瞒着我呢。如果不是捡来的，那又是怎么来的呢？你就不能好好地告诉我吗？”

“是从麻雀之乡带回来的。”

“老爷子”嫌麻烦，扔出了这么一句话。

然而，就这么一句话显然是无法让非常现实主义的“老婆子”满意的。她不依不饶地连连发问，步步紧逼。不会撒谎的“老爷子”没办法，只好一五一十地讲述了那段离奇的经历。

“啊，这种事亏你还说得跟真的一样呢。”

“老婆子”听到最后，惊诧之余，反倒笑了起来。

“老爷子”不再搭理她了，他用手支撑着腮帮子，直愣愣地将目光投射到书本上。

"这种荒诞不经的事情，你以为我会相信吗？你肯定是在胡说八道嘛。我明白。这一阵子，嗯，对了，就是从那个年轻姑娘来了之后，你就跟换了个人似的。老是一副心神不定、坐立不安的样子，还时不时地长吁短叹，简直就跟坠入了爱河似的。真是丢人现眼啊。都一大把年纪了，还跟个毛头小伙子似的。别隐瞒了。我早看出来了。那姑娘到底住在哪儿？总不会是竹林里吧。你别想骗我。什么竹林里有一所小房子啦，小房子里有人偶似的可爱的小姑娘啦，嚯嚯，想用这种哄小孩子的故事来骗我？没门！如果你说的是真话，那你下次去的时候就带一个装满土产的竹箱回来。怎么样？办不到了吧？要不怎么说是你编的鬼话呢。你要是真能从那个不可思议的客店里背一个大竹箱回来，以此为证据的话，我倒也不是死不认账的。只带了一根稻穗回来，就说什么是人偶的发簪，哼！亏你说得出口！你是个男子汉大丈夫，就痛痛快快地坦白了吧。我也不是什么小心眼的女人，你想要个小老婆什么的倒也不是不能商量的……"

"我不喜欢带着行李走路啊。"

"是吗？好啊，那我替你去拿，行不行？嗯，你不是说了吗？只要去竹林的入口处躺着就行了，是不是？怎么样？我去可以吗？这会让你为难吗？"

"你想去就去好了。"

"哈，脸皮可真厚啊。明明是在撒谎，还说什么'你想去就

去好了’。好啊，我真的就去了。怎么样？没碍着你吧？”

说完，“老婆子”不怀好意地微笑着。

“看来，你是想要那个竹箱啊。”

“是的，我就是想要。怎么了？反正我就是个贪得无厌的女人，就是想要那个什么土产。我这就去，去背一个最大最重的竹箱回来。嚯嚯，这么着尽管有些犯傻，可我真的就去了哦。因为我特讨厌你这种若无其事的清高样儿。我马上就要撕下你脸上的这个假圣人的面具。你说什么来着，只要趴在雪地上就能到达麻雀客栈了？哈哈哈，真是傻到了家，好吧，我就照你说的去做，我就去走一趟吧。待会儿你要是坦白说那些都是骗我的，我可不答应哦。”

话说到这份儿上，“老婆子”也就骑虎难下了。她收拾了一下针线，下到院子里，踏着积雪朝竹林走去。

之后，到底发生了什么事，就连笔者我也不得而知。

黄昏时分，“老婆子”身背着一只大竹箱俯卧在雪地上。她的身体已经变得冰冷冰冷的了。看样子是由于竹箱太重，压得她起不了身，就这么冻死了。而竹箱之中，据说装满了耀人双眼的金币。

也不知是否是得力于这些金币，不久之后，“老爷子”竟然官运亨通了起来，没过多久，竟高升到了一国的宰相。世人称之为“雀大臣”，并说他能如此飞黄腾达，完全是以前怜爱小麻雀的果报。但是，每当听到有人说这种恭维话，“老爷子”总是略带苦笑地说道：

“哪里话来，这一切都是托我内人的福。她跟了我，真是辛苦劳碌了一辈子啊。”

（全书完）

译注

1.（第002页）二战时日本人遇到空袭时戴在头上，防止砖瓦碎片砸伤头部的棉包头。主要供妇女、儿童使用。

2.（第003页）《桃太郎》是日本著名的民间故事，讲述从桃子里诞生的桃太郎，用黍米团子收容了狗、猴子和野鸡后，一起前往鬼岛为民除害的故事。在日本，冈山县、香川县、爱知县和奈良县都认为《桃太郎》的故事发祥于自己的地域。明治二十年，日本政府将《桃太郎》的故事改编后写进了小学语文课本，之后便更是家喻户晓了。

3.（第005页）日本旧国名之一，相当于如今的德岛县全境。

4.（第005页）日本古代故事集。共有15卷196篇。作者不详。成书于镰仓初期。其中的84篇与《今昔物语集》相同。世俗故事较多，如“拔舌雀”“稻草富翁”等，是研究民俗学的重要资料。

5.（第005页）是日本流传至今最早的正史，六国史之首，原名《日本纪》。与《古事记》合称为“记纪”。由舍人亲王等人奉天武天皇敕命所撰，成书于公元720年。全书用汉文写成，采用编年体，共三十卷，另有系谱一卷，系谱如今已亡佚。

6.（第005页）日本早期诗歌总集。所收诗歌自4世纪至8世纪中叶长短和歌，成书年代和编者，历来众说纷纭，但多数为奈良年间（公元710—784）的作品。一般认为《万叶集》经多年、多人编选传承，约在8世纪后半叶由大伴家持（公元717—785）完成。其后又经数人校正审定才成今传版本。

7.（第005页）和歌的一种，日本特有诗歌形式。

8.（第005页）即《丹后国风土记》，是一部记录丹后国（即如今的京都府北部）风土人情的古书。原书已经散佚，仅在《释日本书记》保留了部分被引用的内容。受命编撰于和铜6年（713年），成书于8世纪中叶。其中较为有名的篇章有《浦岛传说》和《羽衣传说》等。

9.（第005页）日本最早的神仙故事集。由平安后期的大江匡房所撰。共有包括倭武命（日本武尊）和上宫太子（圣德太子）在内的37个故事。原书已经散佚。

10.（第005页）即森鸥外，1862—1922，日本小说家、评论家、翻译家。著有《舞女》《阿部一家》等。

11.（第005页）即坪内逍遥，1859—1935，日本戏剧家、小说家、评论家、翻译家。

12.（第008页）可放一人份饭菜、餐具的小方桌。

13.（第018页）日本德岛县德岛市及其周边地区在盂兰盆节跳

的舞蹈。通常是由几十人编成一个游行队伍，随着三弦、笛子和锣鼓的伴奏，边走边跳。由于动作简单易学，普及到日本各地，成为日本民俗文化一部分。

14.（第018页）日本未婚女子梳的一种传统发髻。相传为东海道岛田驿的艺妓首创而得名。有高岛田、散岛田、文金岛田等多种变化。

15.（第018页）穿和服干活时，为了活动方便将宽大的袖子往上束起的带子。一般会将该带子从双肩穿到后背，并在背后打上十字结。

16.（第025页）铁骨的折扇，是日本近代十分流行的装饰品。原为武士的防身武器之一，后逐渐转为装饰之用。

17.（第025页）地名。位于日本德岛县东北端，濒临鸣门海峡。

18.（第026页）这是日本能乐谣曲之一，名为《通盛》，为井阿弥所作。取材于历史上的源平之争。

19.（第026页）原文如此。在当时，钟馗捉鬼的故事在日本也是家喻户晓的。

20.（第031页）丹后国。日本旧国名之一。相当于今天的京都府北部。

21.（第032页）“恒产”与“恒心”典出《孟子·梁惠王上》：“无恒产而有恒心者，惟士为能。若民，则无恒产，因无恒心。苟无恒心，放辟邪侈，无不为己。及陷于罪，然后从而刑之，是罔民也。”

22.（第033页）潜入海底采摘牡蛎、珍珠等的男女。也指传说中潜入龙宫去盗宝的人。

23.（第033页）这是《万叶集》中的一首和歌，作者是柿本人麻吕。写的是他于夏秋之际旅行到播磨滩时所看到的海景。

24.（第034页）源自印度教的辩才天，也叫辩才天女、吉祥天女。佛教将其视为增长智慧、增长福德的女性本尊。随佛教传入日本后，又成了日本民间信仰的七神福中象征口才、音乐与财富的女神。东京台东区上野公园里的不忍池中就有祭祀弁财天的神社。

25.（第034页）是日本特有的淡水龟。

26.（第034页）摆在喜宴上做装饰用的盆景。通常是沙洲盆景的基础加上蓬莱山、松、竹、梅、仙鹤、乌龟等造型而制成的。

27.（第034页）原文为“尉姥”，是谣曲《高砂》中的人物。“尉”是老翁，“姥”是老妇，两人心意相通，后来被制成人偶或画成图画，成了喜庆节日的贺礼。

28.（第035页）指小笠原群岛。是散布于东京南面太平洋上的一些小岛。

29.（第035页）指琉球群岛。

30.（第035页）彼时还在日本殖民统治之下。

31.（第036页）位于日本静冈县东部，濒临骏河湾的一个城市。在本州的东部，面临太平洋。

32.（第045页）长度单位。1寻约为6尺，约1.8米。

33.（第051页）日语的谚语中有“刮大风木桶店赚钱”的说法。比喻意想不到或不切实际的期待。

34.（第051页）作者此处利用谐音关系转用了一个意为“去时顺利归时难”的成语，考虑到具体含义在此已并不重要，故转译如此。

35.（第051页）原文利用日语中“氧气”与“牙垢”发音相近的关系来调侃，考虑到具体含义在此已并不重要，故转译如此。

36.（第057页）即水母。

37.（第060页）原文如此。典出《资治通鉴·唐纪·宣宗大中十二年》：“卿到彼为政甚善，朕皆知之，勿谓其远！此阶前万里也。”意为尽管远在万里之外，犹如近在眼前。比喻相隔虽远，却像在眼前一样。

38.（第064页）日式糕点。

39.（第069页）一日里相当于3.927公里。

40.（第069页）原文如此。原指藏在心里不说出来的言论。后常指嘴上不说，心里对人做出评价。典出《晋书·褚裒传》：“谯国桓彝见而目之曰：‘季野有皮里阳秋。’言其外无臧否，而内有所褒贬也。”

41.（第076页）在日本有男孩子的家庭会在端午节那天挂起鲤鱼旗，以祈求孩子能长得跟鲤鱼一样健康、活泼。由于鲤鱼旗是圆筒状的，被风一吹，嘴巴就张得大大的。而它的肚子是中空的，所以会给人以有口无心的联想。

42.（第085页）日本古代甲斐国的别名。相当于今天的山梨县。

43.（第085页）是指富士山周边位于山梨县境内的5个湖泊的总称。

44.（第086页）将狸肉与萝卜、牛蒡、黄酱一起炖的汤。

45.（第087页）在井之头恩赐公园内，位于东京都武藏野市御殿山。

46.（第088页）即“替天行道”。

47.（第088页）位于日本京都市北部的一座山，海拔570米。相传日本古代第一战神源义经小时候曾在此山中修行过。

48.（第089页）爱神、美神，执掌生育与航海的女神。

49.（第089页）月亮之神，同时也是森林之神、山丘之神。希腊神话中少有的处女神，与同父异母的姐姐雅典娜和赫斯提亚并称为希腊三大处女神。

50.（第089页）太阳神。希腊神话中十二主神之一。

51.（第108页）日本的民间习俗之一，据说这样能让客人快点走。

52.（第108页）日本的俗语。表示不值一提。

53.（第109页）“仙金膏”和“疝气膏”在日语中的发音是十分接近的。

54.（第110页）全名为成濑川土左卫门。是日本江户时代享保年间著名的相扑手，因为长得又白又胖，被人说是跟浮尸差不多。后来人们就将浮尸称作土左卫门了。

55.（第114页）日本明治时代的高档国产香烟品牌。曾经常出现在明治文豪的作品中。但后来“敷岛”也用来命名战舰和神风特工队的某小队，本书初版发行于1945年（昭和20年）10月25日，当时“敷岛”牌香烟已经没有了，“敷岛”这两字使读者联想到的恐怕仅仅是军舰和神风特工队。

56.（第116页）山狸模仿和歌格式在打趣。

57.（第119页）原文最后就是“后略”二字。

58.（第122页）希腊神话中的女妖，戈耳工三女妖之一。传说她的背上长着天鹅的翅膀，头上没有头发，只有盘绕扭动的蛇。但即便这样仍然难以掩盖她的美丽，只要有人看过她的眼睛，都会被她的美丽和魔力吸引而失去灵魂变成一尊石像。

59.（第123页）北欧日耳曼地区神话叙事诗《尼伯龙根之歌》中的英雄。据说他在杀死恶龙之后，为了获得刀枪不入之躯，曾将全身都浸泡在龙血之中。此时有一片树叶落在他的右肩上。他出浴后才发现右肩上（一说后背心脏处）有一处没浸泡到龙血，但此时龙血已经干涸，无法弥补了。这样，他的右肩就成了他身体上唯一的弱处。后来也确实是被仇人用剑刺中此处而身亡的。

60.（第123页）？—1189，日本平安末期，镰仓初期的僧人。勇猛好武，在源平之战中跟随源义经转战各地，屡立战功。其英雄事迹被后人编成戏曲，广为流传。

61.（第131页）日本古代仙台藩伊达家的家徽，俗称“竹雀纹”。

62.（第132页）“竹筐眼竹筐眼”就是游戏名称。游戏时一个孩子蒙着眼蹲在转动着的人圈中间，人圈停止转动后，让中间那个孩子猜身后是谁。

太宰治

（1909 — 1948）

出生于日本东北部的青森县

1930年进入东京帝国大学就读法国文学

1933年第一次用太宰治这个笔名发表作品

1935年小说《逆行》入围第一回芥川奖

1945年作《御伽草纸》四篇

1948年写作《人间失格》，后肺结核恶化

是年6月同爱人投水殉情

身后著作逐渐为读者接受，流传至今，已成经典

代表作：

《人间失格》

《奔跑吧！梅勒斯》

《御伽草纸》

《维庸之妻》

《斜阳》

《逆行》

御伽草纸

产品经理 | 黄　钟　　后期制作 | 白咏明
装帧设计 | 何月婷　　责任印制 | 梁拥军
插画绘制 | Tsuki　　出 品 人 | 路金波

图书在版编目（CIP）数据

御伽草纸 / (日) 太宰治著；徐建雄译. -- 天津：天津人民出版社, 2017.6（2022.3重印）

ISBN 978-7-201-11763-8

Ⅰ. ①御… Ⅱ. ①太… ②徐… Ⅲ. ①民间故事－作品集－日本 Ⅳ. ①I313.73

中国版本图书馆CIP数据核字(2017)第108755号

御伽草纸
YUJIA CAOZHI

出　　版　天津人民出版社
出 版 人　刘 庆
地　　址　天津市和平区西康路35号康岳大厦
邮政编码　300051
邮购电话　022-23332469
电子信箱　reader@tjrmcbs.com

责任编辑　张 璐
特约编辑　王小凤
产品经理　黄 钟
装帧设计　何月婷

制版印刷　北京世纪恒宇印刷有限公司
经　　销　新华书店
发　　行　果麦文化传媒股份有限公司
开　　本　880毫米×1230毫米　1/32
印　　张　5.5
印　　数　46,601-51,600
插　　页　2
字　　数　100千字
版次印次　2017年6月第1版　2022年3月第9次印刷
定　　价　35.00元